伊豆的舞女

莫言题

伊豆的舞女

いずのおどりこ

Kawabata Yasunari

The Dancing Girl of Izu

[日]川端康成 著

陈德文 译

北京联合出版公司
Beijing United Publishing Co.,Ltd.

图书在版编目（CIP）数据

伊豆的舞女 / (日) 川端康成著 ; 陈德文译 . — 北京：北京联合出版公司, 2023.1
ISBN 978-7-5596-6314-6

Ⅰ . ①伊… Ⅱ . ①川… ②陈… Ⅲ . ①短篇小说—小说集—日本—现代 Ⅳ . ①I313.45

中国版本图书馆 CIP 数据核字 (2022) 第 119107 号

伊豆的舞女

作　　者：（日）川端康成　　译　　者：陈德文
出 品 人：赵红仕　　出版监制：辛海峰　陈　江
责任编辑：龚　将　　特约编辑：王世琛
产品经理：穆　晨　陈隽萱　　选题策划：张其鑫
封面设计：别境 Lab　　内文排版：任尚洁

北京联合出版公司出版
（北京市西城区德外大街 83 号楼 9 层　100088）
北京联合天畅文化传播公司发行
三河市信达兴印刷有限公司印刷　新华书店经销
字数 159 千字　787 毫米 × 1092 毫米　1/32　8.75 印张
2023 年 1 月第 1 版　2023 年 1 月第 1 次印刷
ISBN 978-7-5596-6314-6
定价：49.80 元

目 录

Contents

伊豆的舞女

一

山路像藤蔓子缠过来绕过去，眼看就要到天城岭了吧，我想。这时，暴雨将茂密的杉树林浸染得一片白茫茫，以迅猛的速度从山下向我追来。

我二十岁，戴着高中的学生帽，身穿蓝底梨花白的和服，外头套着宽角大裤，肩上挎着书包，独自一人到伊豆旅行，已经是第四天了。修善寺温泉住了一宿，汤岛温泉住了两宿，然后，换上高齿木屐[1]，登天城山来了。重叠的山峦，原生的林木，幽深的溪谷，我为眼前的秋色迷住了，可心里头一个

1. 高齿木屐：一种朴木制作的晴日木屐，为旧制高中生所常用。

期待使我兴奋不已，催促我急急赶路。走着走着，大粒大粒的雨点开始打来。我跑步登上曲折而又陡峭的坡道，好不容易到达山顶北口的茶馆，这才松了口气，同时，一下子在门口愣住了。我的期待竟然完美地实现了！原来，江湖艺人一行正在那里歇息。

舞女看我呆立不动，立即让出自己的坐垫，翻过来放在我身边。

"这……"我只是应和着，坐了上去。因为跑着上山一时喘不过气来，再加上惊讶，"谢谢"这个词儿卡在喉咙管里出不来。

我和舞女面对面坐得很近，慌慌张张从袖袋里掏出香烟。舞女又把女伴面前的烟灰缸拉过来，推到我跟前。我还是没有说话。

舞女看起来十七岁左右，束着一个古式的大发髻，那奇怪的形状我也叫不出名字。这发髻将那张冷艳的鹅蛋脸映衬得小巧玲珑，具有调和的美感。我觉得就像历史小说中过分夸张地长着一头浓发的女子画像。舞女的旅伴有一位四十多岁的女人、两个年轻的姑娘，还有一个二十五六岁的汉子，他穿着印有"长冈温泉客栈"字号的便服[1]。

---

1. 便服：原文为"印半缠"，一种印有家徽或专用文字的工作服。

我遇到舞女他们，这之前已经有两次了。头一次是我在来汤岛的路上，他们去修善寺，在汤川桥附近碰见的。那时候，年轻女子有三个人，舞女背着鼓，我一次次不住回头看着，心里充满一个山野旅人的情思。接着是在汤岛的第二天晚上，他们到旅馆里演出，我坐在楼梯的半腰上，一心一意看舞女在门厅里跳舞。我当时就想，那天在修善寺，今晚在汤岛，明日该不是翻越天城向南，到汤野温泉吧？“天城七日里[1]”，这二三十公里长的山路，我一定能追上！我就是怀着这种希望急匆匆赶路的，谁想到在躲雨的茶馆里碰个正着，我心里怦怦直跳。

过一会儿，茶馆的老婆子陪我到另一间屋子，看样子这里平素无人居住，没有格子门。向下一望，优美的溪谷深不见底。我的身上起了鸡皮疙瘩，浑身冻得直打哆嗦，牙齿咯咯作响。老婆子端茶进来，我跟她说：“好冷。”她心疼地说：

“哎呀，小少爷，看您浑身都湿透啦！快过来烤烤吧，把衣服烘烘干。”说着，就把我领到她自己的屋子里。

这间屋子开个地炉，拉开格子门，一股强烈的暖流直冲过来。我站在门口犯起了踌躇。炉边盘腿坐着一位老爷子，

1. 日里：1日里约合4公里。

全身苍白、浮肿，像个溺死鬼。他两眼黄浊、糜烂，神情忧郁地朝我望着，身子周围旧信和纸袋堆积成山，可以说他整个儿埋在纸堆里。我瞅着这个半死不活的山间妖怪，呆呆地站立着。

“给您看到他这副模样儿，真是怪难为情的……他就是我们家老爷子，不用怕。不过，眼瞅着倒也叫人挺寒碜的，可他不能动弹，就请您将就一下吧。”

她客气了一番。听老婆子说，老爷子长年患中风病，全身不遂。那纸堆是各地寄来的介绍治疗中风方法的信笺，以及从各地搜集来的药袋子。老爷子从过山的行人嘴里或报纸广告上一个不漏地向全国打听治疗中风的方子，请各地寄售药品。那些信和纸袋一样也不肯丢，他就是看着身边这些旧纸而活下来的。长此以往，这些破烂纸张就堆成了山。

对于老婆子，我不知道如何回答是好，只是将身子低俯在地炉上方。翻山的汽车震动着房屋。我想，秋天就这么冷，不久就要大雪封山，这老爷子怎么还不下山呢？炉火很旺，我的衣服冒热气了，头也疼起来。老婆子到店里和女艺人聊天。

“可不是嘛，这就是上回跟来的那孩子吗？都成大姑娘啦！您也蛮好的。出落得这么漂亮，真是女大十八变呀！”

约略一小时后，听动静江湖艺人就要出发，我也坐不下去了，心里直跳，就是没勇气站起来。她们虽说旅行惯了，可女人家的腿脚，哪怕落下一两公里，一阵小跑也能追上她们的。我虽然这么想，但坐在地炉边却焦躁不安。舞女不在身旁，我的幻想反而得到解放，开始活跃起来了。老婆子出去送行，回来后我问她：

“那帮子艺人今晚住在哪儿？”

“那些人呀，住到哪儿谁能说个准呢？小少爷，还不是哪儿有客就住在哪儿？天晓得他们今夜会住到哪里去啊。”

老婆子满含轻蔑，她的话怂恿着我，我心想，要是这样，干脆叫那舞女今夜住到我屋里好了。

雨小了，山峰明亮起来。老婆子拼命挽留我，说再等十分钟天就会晌晴，可我哪里坐得住。

“老爷子，可要保重啊，天冷啦！”我真诚地对他说，随后站起身来。老爷子转动了一下沉滞而浑黄的眼珠，微微点着头。

“少爷，少爷！”老婆子高喊着追过来。

“收您这么多钱，太难为情啦，实在不敢当呀！”

她抱住我的书包不松手，一定要送我一程，怎么劝都不听。她脚步蹒跚，走了一百米远，嘴里不断唠叨：

“实在担待不起呀，招待很不周啊！您的模样儿倒是记住啦，下回来再好好伺候吧。下次可一定要来啊，我不会忘记您的！”

我只放了一枚五十文银币，她就如此惊讶，激动得差点儿流下泪来。可是我只想早些追上舞女，老婆子东倒西歪的脚步反而成了拖累，好不容易到了山顶的隧道。

“谢谢啦，老爷子一个人在家，就请快回吧。”经我这么一说，老婆子才好容易放开了书包。

进入黑暗的隧道，冰冷的水珠吧嗒吧嗒滴落下来，通向南伊豆的洞口在远方闪着小小的光亮。

二

出了隧道的洞口，山路一侧镶着涂有白漆的栏杆，闪电般向山下蜿蜒而去。在那模型似的山脚下，出现了艺人们的姿影。走了不到六百米，我赶上了他们一行。可我不好马上放慢脚步，于是就装出一副冷淡的样子，打女人身旁越了过去。那汉子在相隔二十米远的前头走着，他一看到我就站住了。

“走得真快啊。天也晴起来啦！”

我松了口气，和那汉子肩并肩走着。汉子不住向我问这问那，看到我们两个聊开了，女人们也从后头咚咚咚跑过来。

汉子背着大柳条箱，四十岁女人抱着小狗，年长的姑娘挎着包裹，年幼的姑娘也背个柳条箱。舞女挎着鼓和鼓架。四十岁女子也断断续续跟我搭讪开了。

“是个高中学生呢。”年长的姑娘悄悄对舞女说。我一回头，她就笑了：

“是吧？那模样儿我瞧得出，学生哥儿常到岛上来呢。”

他们一行是大岛波浮港[1]人，春天从岛上出来，一直在外旅行，天冷了，没有过冬的准备，本想在下田待上十多天，经由伊东温泉回大岛。我一听到大岛，就感到诗意满怀，再次看了看舞女美丽的头发。我问了许多关于大岛的事。

“学生哥儿好多人都来游泳呢。”舞女对女伴说。

“是夏天吧？”我一回头，舞女猛然一惊。

“冬天也……”她似乎小声回应着。

“冬天也能游？”

舞女又看看身旁的女伴，笑了。

“冬天也能游泳吗？”我又叮问了一下，舞女涨红了脸，非常认真地轻轻点了点头。

“真傻，这孩子。”四十岁女人笑着说。

到汤野要沿着河津川溪谷走十多公里的下坡路。翻过山岭，感觉到山野和天空都是一派南国气息。我同汉子不住聊着，变得十分亲热了。过了荻乘、梨本等小村庄，就看见了位于山麓间汤野镇的茅草屋顶。这时，我鼓起勇气说想跟他

---

1. 大岛全称伊豆大岛，位于伊豆半岛东边太平洋中，为富士箱根伊豆国立公园的一部分，属东京都管辖。波浮港位于大岛东南部。1923年，诗人野口雨情游历大岛，写下著名诗篇《波浮之港》。1928年，中山晋平为之谱曲，一时唱遍日本全国。

们一道前往下田，那汉子听了很高兴。

来到汤野的客栈前，四十岁女子看样子正要和我告别，汉子紧接着说：

“这位说要跟我们做伴呢。”

“哎呀，那敢情好。出门靠朋友，处世靠人缘。像我们这种下贱人，也能给您消烦解闷。好啦，快进来歇歇吧。”她快人快语地说着话。姑娘们倏忽盯了我一眼，带着一副毫不经意的神色，默默不语。她们稍显羞赧地瞧着我。

我随大家一起登上客栈二楼，卸下了行李。榻榻米和隔扇又旧又脏。舞女打楼下端茶上来，她一坐到我面前，就飞红了脸蛋儿，手也颤抖起来，眼看茶碗就要从茶托上滑落了。为了不使茶碗掉下来，她顺势连忙放在榻榻米上，茶水不小心洒了一地。她是那样害臊，这倒把我惊呆了。

“瞧你，真烦人！这丫头有私情啦！这可怎么得了呀……”四十岁女人也一时愣住了，她双眉紧锁，扔过来一条手巾。舞女拾起来，局促不安地擦着榻榻米。

这冷不丁的一句话，使我立即反省，我被山头上的老婆子煽动起来的幻想，一下子破灭了。

这时，四十岁女子突然说：

“小哥哥这件蓝底梨花白的衣服真好看呢。”她一边说，一边直盯着我瞧。

“他的这件梨花白和民次的花纹相同，不是吗？一模一样啊！”

她一个劲儿对着身旁的女人反复说。接着又转向我：

“老家里还留着一个上学的孩子，眼下正想起他来呢。那孩子穿的碎白花也是这一样的。这几年，蓝底白花布也涨钱了，真是没法子呀！”

“在哪儿上学？”

“寻常五年[1]了。”

“哦，五年级，那么……”

“他在甲府的学校上学，我们虽然长期住在大岛，可老家是甲斐的甲府。”

休息约略一小时之后，汉子领我到另一家温泉旅馆。本来，我一心以为会和艺人们住在同一家客栈里呢。我们穿过公路，沿着石子小路和石阶走了百米光景，渡过小河岸上公共浴场旁边的横桥，桥对面就是温泉旅馆的庭院。

我泡在馆内的浴池里，汉子也跟着进来了。他说他今年二十四了，老婆两次怀孕，一次流产，一次早产，生下的孩子死了。他穿着印有“长冈温泉客栈”字号的便服，我还以

---

1. 寻常五年：意即“普通小学五年级”。日本旧制小学，明治十九年（1886）遵照小学校令，凡满六岁以上儿童一律施行义务教育，修业年限起初四年，明治四十年（1907）改为六年。为了阅读方便，以下皆以“普通小学”译语代之。

为他是长冈人呢。他的表情和谈吐看起来很有知识，我猜，他大概出于爱好或者看上艺人的女儿了，才跟来一道搬运行李的吧？

洗完澡，我立即吃午饭。离开汤岛是早晨八点钟，此时还不到三点。

汉子临走，在院子里抬起头对我打招呼。

“买点儿柿子什么的吃吃吧。对不起，我从楼上扔下去啦！”我说着，把钱包在纸里投了下去。汉子想谢绝，正要走过去，纸包落在院子里，他回头拾起：“这可不敢当啊！”说罢又扔了上来，落到茅屋顶上了。我再次扔下去，汉子只得捡起来拿走了。

黄昏时分下起了暴雨，远近的山色一律浸在白茫茫的水雾之中。前面的小河眼见着浑浊泛黄，水声哗然。这么大的雨，舞女他们不会出外表演了吧。我虽然心里这样想，但总是坐不下去，只好两次三番去洗澡。房间里很暗，和相邻屋子中间的一道隔扇上，开了个方洞，隔扇顶端的横木框上吊着一只电灯，两个房间共用一个灯泡。

咚咚，咚，咚！浩大的雨音里从远方传来微微的鼓声。我急忙扒开挡雨窗，探出身子。鼓声仿佛逐渐临近了，风雨扑打着我的头，我闭上眼睛侧耳倾听，我想弄清楚那鼓声是打什么地方，又是如何走到这儿来的。不一会儿，又听到三味线的音响，传来了女人长久的叫喊，还听到热烈的哄笑声。

于是我明白了，艺人们被召到客栈对面一家酒馆的筵席上了。从声音上分得出有两三个女人、三四个男人。我等着，那边一结束就会到这里来的吧。可是，那场酒宴刚刚进入高潮，似乎闹腾得正起劲呢。女人尖厉的嗓音如闪电一般时时划破幽暗的夜空。我绷紧了每一根神经，一直大敞着窗户，呆坐着纹丝不动。鼓声每响一次，我就感到心里一片明净。

“啊，舞女依然坐在筵席上，她正坐着打鼓呢。”

鼓声一停，我就受不住了，一颗心沉浸到雨音里。

不久，一伙人似乎在玩老鹰抓小鸡游戏，或是在轮流跳舞，杂沓的脚步声响了好半天。接着，突然变得鸦雀无声，我睁大双眼，想透过黑暗弄清楚这寂静究竟意味着什么。我很苦恼，舞女今夜她能守住身子吗？

我关上挡雨窗，钻进被窝，心中很憋闷。又去洗了澡，我胡乱地搅动着满池子热水。雨住了，月亮出来了。经雨洗涤的秋夜清雅、明丽。我想光脚跑出浴场，但一想，我又能够怎么样呢？时间过了两点钟。

三

第二天上午九点过后，汉子及早来到我的住处。我刚刚起床，邀他去洗澡。这是一个美丽、晴朗的南伊豆小阳春天气，涨水的小河在浴场下面承受着温暖的阳光。我感到昨夜的烦恼犹如梦境，于是我试着问他：

“昨夜里你们闹腾到很晚吧？”

“什么，您都听到啦？”

“当然听到啦。”

“都是当地人，当地人只顾瞎闹，实在没意思。”

他似乎不当回事儿，我也就不再问了。

“女人们都到对面的浴场里来了。瞧，她们看见了咱们，冲着这边傻笑呢。”

顺着他的手指，我向河对岸的公共浴场望去，水雾里朦胧浮现着七八个裸露的身体。

昏黑的浴场深处，突然跑出一个光裸的女子，未等我回过神来，她早已站在脱衣场凸出来的地方，看那架势，正要向河岸上跳呢。她极力伸展着两臂，一边叫喊着什么，身上一丝不挂，连条手巾也没有。她就是舞女。望着那小桐树一般伸开双腿的洁白的裸体，我心里犹如一汪清泉，深深舒了口气，呵呵笑了。还是个孩子呀！这孩子只是因为看到我们感到喜悦，就赤条条地跑到太阳底下，踮起脚，向上尽量挺直了脊背。我欢声朗朗，笑个不停。脑子里像水洗一般，清澄无比。我一直微笑着。

舞女的头发也许过于浓密，看上去像十七八岁，再加上装扮得像一位妙龄女郎，所以才惹起我的那些奇思怪想来。

和那汉子一起回到我的房间，不久，年长的姑娘到旅馆的庭院里来看菊花。舞女走到桥中央。四十岁女人走出公共浴场，看着她们两个。“又要挨骂了。”舞女慌忙缩起肩膀，笑着急匆匆折返回去。四十岁女人走到桥边，大声招呼：

“过来玩哪！”

“过来玩哪！”

年长的姑娘也跟着说。女人们回去了。汉子一直坐到天黑。

晚间，我正和一个巡回批发纸张的商人下围棋，旅馆的院子里突然传来鼓声。我立即想出去看看。

“他们来演出啦！”

“嗯？没意思，那种人！快，快，该你了。我走到这儿啦。”纸商捅捅棋盘，他的心全放在输赢上了。我有些心神不定，艺人们就要回去了，那汉子站在院子里跟我打招呼：

“晚上好！”

我在走廊上向他招手。艺人们在院子里互相嘀咕了一阵子，往门口走去。在汉子后头，三个姑娘依次跪在廊下，像艺妓一般对我行礼：

“晚上好！”

围棋盘上立即出现了我的败局。

“已经没救啦，我认输。”

“怎么会呢？我不如你呀，我们双方下得都很细心。”

那纸商也不朝艺人们瞧一眼，一个个数着棋眼，越发认真起来。女人们把鼓和三味线收在屋角里，开始在象棋[1]盘上摆起了五子棋。这当儿，我本该赢的一盘棋，被我输掉了。

“怎么样？再下一盘，再下一盘！”纸商一个劲儿黏缠，然而我只是无心地冲着他笑，那纸商没办法，只好走开了。

姑娘们围在棋盘旁边。

“今晚还到哪里演出吗？”

“是要演出的。”汉子盯着姑娘们说。

“今晚算了吧，就让她们玩玩好啦。”

“太好啦！太好啦！”

“要挨骂的呀。”

“哪里，再怎么转悠，也不会有什么客人啊。”

于是，她们下五子棋，一直玩到下半夜。

舞女回去后，我怎么也睡不着，头脑十分清醒，于是跑到走廊上喊道：

“纸商先生，纸商先生！”

“来了……”一个将近六十岁的老爷子从屋里飞跑出来，

---

1. 象棋：原文为“将棋”，室内游戏之一。纵横各九列，盘上各排列二十枚棋子。二人相对，逼攻对方将帅，取对方子可为己用。最后逼得对方将帅走投无路方为胜。

斗志昂扬地说：

“今天晚上干个通宵，下到天亮！”

我也又怀着一副极其好战的心情。

四

约好第二天早晨八点离开汤野。我把在公共浴场旁边买的便帽戴到头上，将高中学生帽塞进书包底下，走向公路边上的客栈。楼上的窗户大敞着，我毫不介意地上了楼，一看，艺人们还躺在被窝里。我不知如何是好，呆呆站在走廊里。

我脚下的床铺上，舞女面孔绯红，一下子用两手捂住了脸。她和那位年幼的姑娘睡在一个被窝里。昨夜的浓妆还残留着，嘴唇和眼角渗着微红。她的极富风情的睡姿使我一阵激动。她似乎觉得晃眼，咕噜翻了个身，双手捂着脸滑出被子，坐到了走廊上。

“昨晚谢谢您啦！”她姿态优美地行了礼，弄得站着的我一下子慌了神。

汉子和年长的姑娘睡在一块儿，在这之前，我一点儿也不知道他俩原来是夫妻。

“实在对不起，今天本来打算出发的，可今晚上听说有筵席，我们决定延长一天。您要是今天非走不可，那就到下田再见吧。我们已经订了甲州屋旅馆，一问便知。”四十岁女人从床铺上半抬起身子说。我感到像是被人一把推开了。

“明天再走不好吗？我不知道妈妈要延长一天。路上还是有个伴儿最好，明天一起走吧。”汉子说罢，四十岁女人附和道：

“就这么办吧，您跟我们做伴儿，我们只顾自己方便，真是过意不去啊。明天即使下刀子也要上路的。后天是旅途中死去的孙儿的‘七七’忌日，对于‘七七’四十九忌日，我们早就记挂在心里，打算在下田尽心尽意祭奠一番。所以一定要在那天之前赶到下田。跟您说这些，也许太失礼啦。可我们有奇缘，后天务必也请一道参加祭礼吧。”

于是，我决定延长一天，随后下了楼梯。我在脏污的账房里和客栈的人闲聊，等着她们起床。汉子邀我去散步，沿公路向南走，不远就有一座漂亮的桥，他倚着桥栏杆，又谈起自己的身世。他原来在东京某个新派剧[1]团干了些时候，现在还时常到大岛港演戏。他们行李包裹中的刀鞘像大腿一般刺出来，那是在筵席上模仿演戏用的道具。柳条箱里盛着戏装以及锅碗瓢勺等生活用具。

---

1. 新派剧：日本剧种之一。居于歌舞伎（旧派剧）和话剧（新剧）之间。

“我耽搁了自己，落到这步田地。可哥哥在甲府很体面地继承了家业，所以，他们就不要我啦。”

“我一直以为你是长冈温泉的人哩。”

“是吗？那个年长的姑娘是我老婆，比您小一岁，十九了，出门在外，第二个孩子早产，不到一周就断气了。老婆身体还没完全恢复过来。那个婆子是我老婆的母亲。舞女是我亲妹妹。”

“啊？您说有个十四岁的妹妹……”

“就是她呀。我一心不想叫妹妹干这一行的，可是有些事很难说清楚。”

他接着告诉我，他自己叫荣吉，老婆叫千代子，妹妹叫薰。还有一位十七岁的姑娘百合子，是大岛人，雇用来的。荣吉变得十分感伤，哭丧着脸，凝神看着河滩。

回来一看，舞女已经洗去白粉，蹲在路旁抚摸小狗的头。我说要回自己房间去。

“来玩呀。”

“嗯，可一个人……”

“和哥哥一起来嘛。”

“这就去。”

不久，荣吉来到我的房间。

“她们呢？”

“女人们怕妈妈唠叨。”

谁知，当我们俩玩起五子棋的时候，女人们过了桥，咚咚咚上了二楼。她们像平常一样认真地行了礼，坐在廊下，迟疑了片刻。千代子最先站起来。

“这是我的房间，请不要客气，进来吧。”

玩了大约一小时，艺人们到旅馆的室内浴池洗澡。她们约我一道洗，看到有三个年轻女子，我说等一会儿，就给推托过去了。于是，舞女立即一个人跑了回来。

“嫂子叫您快去，说要给您搓背呢。”她为千代子传话来了。

我没有去洗澡，和舞女一起下五子棋。她的棋艺出奇地高，循环赛上，荣吉和其他女子都连连败下阵来。下五子棋，我有自信，一般的人都能战胜。同她下，不必特意让子儿，心情很自在。就我们两个，起初，她从远处伸着手臂落子，渐渐忘情了，一心俯在棋盘上了。她那一头略显不太自然的乌黑的秀发几乎触到我的胸间。突然，她涨红了脸：

“对不起，要挨骂了。”她扔下棋子，飞跑出去。婆子站在公共浴场前边。千代子和百合子也慌忙出了浴池，楼也没上，逃回去了。

那天，荣吉也从早到晚一直在我屋子里玩。纯朴而亲切的旅馆老板娘劝我说，管那种人饭吃，实在太可惜了。

晚上，我去客栈，看到舞女正在跟婆子学习弹三味线。她一见到我就停下手来，经婆子一说又抱起三味线。她唱歌嗓音稍高一些，婆子就说：

“我说了，不能这样大声唱。”

荣吉被召到对面酒馆二楼的筵席上去了，从这里看得见，他正在念叨着什么。

“那是什么曲子？”

“那个呀，叫谣曲[1]。”

“谣曲？挺怪的。”

“他是个百事通，不知又是玩的哪一手。”

这当儿，租赁这家客栈房间开设鸡肉店的一个四十光景的男子，拉开隔扇，邀请姑娘们吃饭。舞女和百合子一起拿着筷子到隔壁，吃店老板剩下的鸡肉火锅。她们一起回到这间房间时，鸡肉店老板轻轻拍了拍舞女的肩头，婆子露出可怕的脸色说道：

“哎，不能碰这孩子，人家还是个黄花闺女呢！”

舞女对鸡肉店老板“叔叔，叔叔”叫个不停，要他读《水户黄门[2]漫游记》给她听。可是那老板立刻起身走了。舞女不好直接叫我给她读，她一个劲儿央求婆子，想托她来请

1. 谣曲：能乐剧供讲唱师道白和演唱的词章（剧本）。此处指演唱。

2. 德川光圀（1628—1700），拜朱舜水为师，推奖儒学，开设彰考馆。官至中纳言，称水户黄门。晚年效林和靖梅妻鹤子，隐于故乡西山。

我。我怀着一种期待拿起这本故事书。舞女果然渐渐靠了过来。我一开始读，她就凑过脸来，几乎触到我的肩膀，带着认真的表情，一双乌亮的眼睛专心致志瞧着我的前额，一眨也不眨。这是她求人念书时候的习惯。刚才，她的脸也几乎和鸡肉店老板的重叠在一起了。这是我亲眼所见。那一对有着秀丽、光亮的黑眼珠的大眼睛，是舞女全身最迷人的地方。双眼皮的线条具有一种无可言说的娇美。还有，她笑起来，好似一朵鲜花。拿“笑靥如花”这个词儿形容她最合适。

不久，酒馆的女佣来接舞女了。舞女换上戏装，对我说：

“去去就回来。等一等，回头接着给我读。”

她在廊下向我行礼。

“我走啦。”

“可别唱啊！”听婆子一声吩咐，她提起鼓，微微点点头。婆子转向我说：

“眼下正是换嗓子的时候。”

舞女端坐在酒馆的楼上敲鼓。那副背影，看起来就像坐在相邻的筵席上。鼓声震荡着我，一颗心伴随鼓点儿欢快地跳动。

“鼓声一响，整个筵席就要活跃起来了。”婆子也在瞧着那边。

千代子和百合子也到那筵席上去了。

大约过了一个小时，四个人一同走回来。

“就这么多……”舞女张开紧握的拳头，往婆子掌心里哗啦哗啦丢下几枚银币。我又给她朗读了一会儿《水户黄门漫游记》。她们又提起旅行中死去的孩子，据说那孩子生下来像水一般通体透明，连哭的力气都没有，尽管这样，还是活过了一星期。

既没有好奇心，也不含轻蔑，仿佛忘记他们是江湖艺人这一类，我的寻常的好意似乎沁入他们的心底。我不由得决定找机会到他们大岛的老家走一趟。

“可以住在爷爷的家，那里很宽绰，把老头子赶出去就清净了。住多久都行，也能在那儿做功课。”他们互相商量了一阵，对我说。

“有两间小屋子，山上那间一直空着。”

还说过年时叫我去帮忙，他们要到波浮港演戏。

我明白了，他们一行旅途中的心情，不像我当初想的那样艰难备尝，他们的一番心境悠闲自在，不失山野之趣。既然是母女兄妹，相互之间总能感觉到一种骨肉之情紧密相连。唯有雇来的百合子，正逢羞涩、腼腆的年纪，在我面前一直沉默不语。

半夜，我离开客栈，姑娘们送我出来。舞女为我摆好木屐，她从门口探出头来，望着明朗的天空。

“哎呀，多好的月亮！明天就到下田啦，真高兴。婴儿过‘七七’，请妈妈给我买把梳子，接着还要做好些事呢。带我去看电影好吗？”

下田港，对于这些在伊豆相模温泉浴场巡回演出的江湖艺人来说，正是他们旅行途中所怀恋的城镇，那里飘荡着一种故乡的气息。

五

艺人们各自背着和翻越天城岭时一样的行李，小狗在婆子的臂弯里伸着前腿，露出一副惯于旅行的样子。走出汤野，又进入山里。朝阳从海上升起，照得山野暖洋洋的。我们一同眺望着太阳。河津川下游宽广的河津浜一派明媚。

“那就是大岛啊！”

“看那里好大一片就是，您可要来呀！”舞女说。

秋日的天空青碧如洗，接近太阳的海面，像春天一样烟霞迷离。从这里到下田还有二十公里的路程。一时之间，大海时隐时现。千代子尽情地唱起歌来。

路上有一段略显陡峭的山坡，他们问我，是抄近路走少两千多米的山间小径，还是走原来的康庄大道？我当然选择了抄近路。

这是一条积满落叶、艰险陡峭、泥滑难行的林间小路。我气喘吁吁，反而豁出去了，干脆用两手拄着膝盖，加快了脚步。眼看着一行人落下了好远，只能听到树林里传来的说话声。舞女一个人高高撩起裙裾，噌噌噌追上了我。她在我后头走着，离我两米远，这个间隔既不肯缩小也不肯拉长。我回头跟她说话，她不由一怔，微笑着站住回答我。舞女跟我说话时，我等她追上来，可她仍然站住脚，我不走，她也不动。路越发曲折艰险起来，我更加急匆匆迈着脚步，舞女一心一意攀登着，她在我身后始终保持两米的间距。山野寂静，其他人已经落后很远了，连说话声也听不到了。

“您家住在东京哪里？”

“不，我住在学校宿舍。”

“我也知道东京，赏花时节去跳过舞……那是小时候的事，不记得啦。”

接着，舞女又问我：

“您家父亲还在吗？”

“到过甲府吗？”

她断断续续问了许多事。还说到了下田要去看电影，也提到了死去的婴儿。

到达山顶了。舞女将鼓放到枯草丛中的坐凳上，用手帕擦汗。然后，她想掸掉自己脚上的尘土，却突然蹲到我的脚边，给我掸了掸裤角。我连忙缩回身子，舞女一下子跪倒在地上。于是她就弓着身子为我周身掸了一圈，随后放下先前撩起的裙裾，对着喘息不停地站着的我说道：

"快坐下吧。"

一群小鸟飞到旁边。周围很安静，小鸟站在树枝上，弄得枯叶沙沙响。

"为什么走得这么快呀？"

舞女似乎很热。我用手指砰砰敲着鼓，小鸟飞走了。

"啊，真渴啊！"

"我去看看。"

不一会儿，舞女两手空空，从枯黄的杂木林里回来了。

"你在大岛干些什么呢？"

于是，舞女蓦地举出两三个女人的名字，她接下来的话让我摸不着头脑。她说的似乎不是大岛，而是甲府，这几个好像是她普通小学一二年级的同学。她想起了她们，就对我说了一通。

等了约莫十分钟，三个年轻人到了山顶。婆子又在他们之后迟到十分钟。

下山时我和荣吉故意晚些出发，一边慢悠悠地说着话儿。走了两百米，舞女从山下跑回来。

"这下边有泉水，大家叫你们快去，都没喝，正等着呢。"

听说有水，我跑了起来。一股清泉从树荫的岩石缝里涌流出来，女人们站在泉水周围。

"来，请先喝吧。一伸进手，就会搅浑的，在女人后边喝，不干净。"婆子说。

我用手捧着清凉的泉水喝下去。女人们一时舍不得离开，她们绞着湿手巾擦汗。

下了这座山，踏上通往下田的公路。看到几股烧炭的黑烟。坐在道旁的木材上歇息。舞女蹲在路上，用桃红的梳子给小狗梳理垂下的长毛。

“梳齿要弄断的呀。”婆子提醒她。

“不碍的，到下田反正要买新的。”

打从汤野的时候起，我就一直想要那把插在她前边头发上的梳子，她竟然用来梳狗毛，真叫人扫兴。

看到对面路边有好多捆竹子，我和荣吉都说可以当作拐杖用，说着就先出发了。舞女跑着追过来，拿着一根比她自己还长的粗竹子。

“干什么？”经荣吉一问，她一时慌了神，连忙把竹子递给我。

“给您当拐杖，我抽了一根最粗的。”

“不行！粗的一看就是偷的，被人发现就不好了。快送回去！”

舞女回到放竹捆的地方，又跑回来。这次给了我一根中指一样粗的竹子。接着，她仰着身子猛地倒在田埂上，痛苦地喘着气，等着其他女子。

我和荣吉在她们前边丨多米远，一直不停地迈动着脚步。

“把那颗牙拔掉，镶上一颗金牙就好啦。”舞女的声音突然传进我的耳朵，回过头一看，舞女和千代子肩并肩走着，婆子和百合子离她们稍后些。她们似乎没有注意到我回头，只听千代子说：

“可不是嘛，你就这么跟他说说，怎么样？”

她们似乎在议论我。千代子说我牙齿不整齐，舞女才提到换金牙的事。她们谈起我的长相，我并不在乎，也不想侧耳细听，我只是感到很亲切。她们低声谈论了好半天，只听舞女说道：

“是个好人哩！”

“这倒是，像个好人。”

“确实是好人，好人就是好啊！”

说话的语调既单纯又爽朗，这是将满腔的感情，天真无邪地骤然倾吐出来的声音。令我本人也切切实实地感到自己是个好人。我满心喜悦，抬眼眺望晴明的山峦，眼底里微微发疼。二十岁的我，曾经一再严格反省，自己的性格被“孤儿根性”扭曲了。我是不堪忍受满心的郁闷才来伊豆旅行的。所以，按照世上寻常的意思，自己被看作好人，实在感到了一种难言的欣慰。山色明丽，是因为接近下田的海面了。我抡起刚才的竹杖，斩掉了好些秋草的梢头。

一路上，每个村口都立着牌子：

乞丐和江湖艺人不得入内！

六

甲州屋客栈就在下田北口附近，我跟在艺人们的后头登上低矮的二楼。没有天花板，坐到面对公路的窗户旁边，屋顶就紧磕在头皮上。

“肩膀疼不疼？”婆子再三叮问舞女。

“胳膊疼不疼？”

舞女做了一个优美的打鼓的姿势。

“不疼，能打，能打。”

“那太好啦。”

我提起鼓试试。

“哎呀，好重！”

“比您想象的要重，比您的书包还重哪！”舞女笑了。

艺人们和客栈的客人热烈地谈论起来。他们也都是些江湖艺人和杂货商[1]，下田港就是这些“候鸟”的老巢。客栈的孩子摇摇晃晃走进来，舞女给了他一些铜钱。我正要走出甲州屋，舞女连忙抢先来到门口为我摆好木屐。

“领我去看电影呀。”她又自言自语地嘀咕着。

---

1. 杂货商：原文为“香具师”，意指每逢庙会或祭祀人多之日，以玩杂耍、贩卖粗制商品等为业的人。

路上遇到一个闲汉，在他的指引下，我和荣吉找到一家原镇长开办的旅馆。我洗完澡，和荣吉一起吃鲜鱼午饭。

“拿这个给明天的祭礼买点儿花什么的上上供吧。”

我说着，将装着少许零钱的纸包交给荣吉带回去。我明天一早就要坐船回东京了。盘缠已经花光了，我推说学校有急事，艺人们也不好强留我。

离午饭不到三小时又吃晚饭了。随后我一个人经过下田北边的一座桥，登上下田富士[1]眺望海港。回来路过甲州屋，看到艺人们正在吃鸡肉火锅。

“请吃一点儿吧，女人下过筷子的东西，虽说不干净，以后也可当作笑话讲嘛。”婆子从行李中拿出碗筷，叫百合子洗了来。

他们说，明天就是婴儿的“七七”忌日，要我再耽搁一天，我拿学校做挡箭牌，没有应。婆子反复叮咛道：

“好吧，寒假里大伙都去接船。到时候，报个准日子来，等着呢。我们不愿意您去找旅馆，到船上接您回家住。”

屋子里只剩千代子和百合子了，我邀她们看电影，千代子按着肚子说：

1. 下田富士：位于下田市近郊的死火山，海拔191米。山形似富士，故名。

“我身子不舒服，走了那么远的路，身体有些吃不消。”她脸色苍白，显得疲乏无力。百合子只是低着头，默不作声。舞女在楼下同客栈的孩子一道玩，她一见到我，就黏缠婆子答应让她和我一起去看电影。可是，她还是满脸失望，懒洋洋回到我身边，帮我摆好木屐。

“好啦，就让她一个人跟他去吧。”荣吉过去说情，那婆子就是不肯应。我真不明白，一个人怎么就不行呢？出了大门，我看到舞女正抚摸小狗的头，她显得有些冷淡，所以我也不便和她搭讪了。她似乎连抬头瞧我一眼的力气都没有了。

我一个人去看电影。女解说员对着黄豆大的灯光读说明词。我立即回旅馆了，胳膊肘儿支着窗棂，一直瞅着夜间的城镇。外面一片漆黑，我似乎感觉到远方不断传来微微的鼓声，不由得扑簌扑簌流下泪来。

七

出发那天早晨，七点钟吃饭时，荣吉就在路上喊我。他身穿黑斜纹外褂，为了送我，特意换上了这件礼服。却不见女人们的姿影。我一下子心凉了。荣吉走进屋子说：

“大家本来想送您的，可昨晚睡得迟，一时起不来，实在失礼啦。她们说冬天等着您，千万要来呀。”

秋天的早晨，街面上刮着冷风。荣吉半道上买了四盒敷岛牌香烟，还有柿子和一袋薰牌口服清凉散。

“我妹妹就叫薰。”他微笑着说。

“船上吃橘子不合适，柿子治晕船，可以吃。”

“这个送给你吧。”

我脱下便帽，戴到荣吉头上，然后从书包里掏出学生帽，扯平皱褶。两人都笑了。

走到码头，蹲伏在海边的舞女的身影突然跳入我的心中。我走到她近旁，她一动不动，默默低着头。昨夜的残妆更加使我动情，眼角的胭脂，似乎为怒气冲冲的面庞平添一种幼稚而凛乎难犯的神情。荣吉问道：

“其他人还来吗？”

舞女摇摇头。

“她们还在睡觉吗？”

舞女点点头。

趁着荣吉去买船票和舢板票的时候，我问她许多话，她只是俯视着小河的入海口，一言不发。没等我说完，她就抢先连连点头。

这时候，有个土木工人打扮的男子奔我走来。

“老婆婆，就跟着他走吧。”

“学生哥儿，是去东京吧？我们瞅准了您，想拜托一件事儿，把这个老婆婆给带到东京。这个婆婆很可怜，儿子本来在莲台寺银矿上做工，这次流行性感冒[1]，儿子、媳妇都死啦，撇下这三个孙儿孙女。实在没办法，我们哥儿几个合计了一下，决定送他们回家乡。她老家是水户，婆婆什么也不懂，等到了灵岸岛[2]，您给她买张开往上野站的电车票。实在难为您，我们给您作揖了，请务必帮忙。您瞧她多可怜，就权当行个好吧。”

老婆婆呆呆地站着，背后绷着一个吃奶的婴儿，左右两只手各抓住一个三岁多和五岁光景的女孩儿。脏污的包袱里看样子裹着大饭团子和腌咸梅。五六个矿工在安慰她。我欣然答应照顾这个老婆婆。

“那就拜托啦！”

“谢谢您啦，我们本该直接送到水户的，可实在脱不开身啊！”矿工们一个劲儿感谢我。

舢板摇得很厉害，舞女依然紧闭双唇瞧着一边。我攀着软梯回头一看，舞女似乎想跟我说声“再见”，但最终依旧没有出声，对我又点了一下头。舢板开走了，荣吉手里不停地摇晃着我刚才送给他的便帽。直到走远了，舞女这才开始摆

---

1. 大正七年（1918年）秋至翌年冬于日本传播的流感，死者众多。

2. 灵岸岛：位于东京隅田川河口右岸，三方皆沟渠，围成岛形。东京湾近海轮船进出港口。以前，曾有通往下田的轮船。

动着一件白色的东西。

轮船驶出下田海面，伊豆半岛的南端渐渐消隐于后方。这期间，我一直背倚栏杆，出神地眺望着海面上的大岛，心里觉得，我同舞女的离别好像是遥远的往昔了。老婆婆怎样了？我瞅瞅船舱，好多人团团围着她问寒问暖。我放心了，走进隔壁的船舱。相模滩波高浪险，一坐下去，人就时时东倒西歪。船员给每人发了一只小铁盆儿。我枕着书包躺下来，头脑空空，不知道时间是怎么过去的。眼泪簌簌流到书包上，面颊冰冷，只好把书包翻了过来。我身边躺着一位少年，他是河津工厂厂长的儿子，到东京去做入学准备。他看到我戴着第一高中的学生帽，产生了好感，搭讪几句之后，他问我：

“您碰到什么不幸的事了吗？”

“不，刚刚和人分别来着。”

我非常直率，也不在乎人家看见我哭。我什么也不想，只是静静地躺着，有一种清清爽爽的满足之感。

大海不知不觉昏暗下来，网代和热海亮起了灯光。我又冷又饿，少年为我打开裹在竹箨里的饭菜，我吃着紫菜寿司卷，忘记这是别人的东西了。接着，我一头钻进少年的学生斗篷。不管人家对我多么亲切，我都很自然地一概接受下来，心里既空虚，又甜蜜。明天一早把老婆婆带到上野站，给她买好去水户的车票，这是理所当然的事情。我只感到这一切都融合在一起了。

船舱的灯熄灭了。船上装载的生鱼和海潮散发着强烈的腥味儿。黑暗中，我依偎着少年温热的身体，任眼泪滚滚流淌。我的头脑似乎变成一泓清泉，点点零落下来，一滴也不剩。于是，我尝到了一种甘美的快乐。

油

我三岁的时候父亲死了，第二年母亲死了，所以对父母一点儿记忆也没有。母亲没有一张照片。父亲据说一表人才，可能很喜欢照相，我们老家的宅子出售时，库房里发现有父亲三四十张各个年龄段的照片。初中时代住在集体宿舍时，我桌子上曾经摆放着照得最漂亮的一张。后来几经辗转，居无定所，照片也都丢失了，没有留下一张。即使见到过照片，什么也不记得了，虽然想象中这就是父亲，但丝毫没有实际的感觉。纵然好多人都向我谈起过父母的往事，但我仍旧无法认定这就是自家亲人的故事，听罢就忘记了。

有一年过年，要渡过拱桥去参拜大阪住吉神社。我朦胧地想起小时候似乎走过这座拱桥。当时，我对同行的堂姐说：

"小时候不是渡过这座桥吗？我总有这样的感觉。"

“是呀，也许渡过吧。叔父活着的时候，曾经在这附近的浜寺和堺市住过，他一定带你来过这里。”

“不，我记得是一个人来的。”

“那恐怕不可能。三四岁的孩子一个人很危险。怎么能在拱桥上登上登下的呢？一定是叔父或婶母抱着你吧？”

“是吗？可我总觉得是一个人渡过的。”

“叔父死时，你还是个孩子，你很喜欢家里那种热闹。不过，你讨厌棺材钉钉子，无论怎样都不许钉钉子，为此，大伙儿很头疼呢。”

还有，我来东京读高中的时候，分别十多年的伯母看到我长大成人，感到很惊讶，说：

“父母不在，孩子长大了。要是你父亲母亲还活着，该是多么高兴啊！你父母死去的时候，你可闹腾得很厉害呀。你不愿意听佛坛前敲锣，铜锣一响你就大哭，所以只好不敲锣。还有，你硬是叫人吹灭佛坛上的长明灯，不光吹灭，还要折断蜡烛，你一直吵闹不休，将灯碗里的油泼洒到庭院里才勉强停止。所以，在你父亲的葬礼上，你母亲气得大哭。”

堂姐跟我说的父亲举办葬礼时我喜欢家里热闹，还有不叫人给棺材钉钉子，等等，这些事我一点儿也不记得了。但是，伯母的话里却藏着亲切。仿佛一个遗忘的幼年时代的好友对我的一声问候。我的眼前出现了幼时捧着灯碗的油污的双手、哭泣的小脸儿。听到这话，我心里立即浮现出老家宅院里的那棵木槲树。十六七岁前，我几乎每天都爬上树，像猴子一样蹲坐在枝干上读书。

“洒油的地方是木槲树对面客厅走廊边上洗手盆近旁。”

我甚至唤起了这样的印象。但仔细一想，父母是死在大阪附近淀川岸边的宅子里。如今，脑子里想象的却是距离淀川以北十五至二十公里远的山村住宅的廊下。父母死后不久，就废弃了淀川岸边老宅子回归故里，随即对河边的宅邸一点儿也不记得了，所以觉得洒油的事也仿佛是在山村的家里。此外，洒油的地方不一定就是洗手盆附近；灯碗比起端在我手上，端在母亲或祖母手里更显得自然。还有，我脑海中的想象只能将父亲去世和母亲去世时我的两次表现当作一次，或是同一件事的两次反复。至于详细的情况，伯母也忘记了。我的回忆或许属于幻想吧。不过，我的感情却把这奇妙与歪曲当作事实而缅怀，忘记了那是听他人所说，仿佛像自己直接的回忆一般，感到十分亲密。

那段话语，似乎具有一种生命，给了我奇异的动力。

父母相继辞世三四年后，祖母死了，再过三四年，姐姐也死了。在那些日子里，以及每次支使我向佛坛行礼的时候，祖父总是按老习惯将有灯芯的油灯换成蜡烛。在未曾听伯母谈起往事之前，我对祖父的做法丝毫没有怀疑，只是作为一件事情记在脑里。我也并非生来就讨厌敲锣或点燃油灯吧。祖母和姐姐举办葬礼时，可能都记不起父母葬礼时是否洒过灯油，那么或许用灯芯的灯火也会平安无事吧。但是祖父没有让我对着油灯行礼。听了伯母的话，我才第一次得知其中所包含的祖父的悲哀。可笑的是，据伯母所说，我在父母的葬礼上折断蜡烛、向院子里泼洒灯油，而祖父却把灯火转换成蜡烛了。我虽然朦胧记得泼洒过灯油，但丝毫不记得折断过蜡烛。关于蜡烛多半是伯母记忆有误或说话时的夸张。还有，祖父不让我看到佛前的油灯，但我上初中之前，祖孙两人一直靠着油灯生活。祖父半盲，对于明与暗的感受区别不大，使用古式的方形座灯代替煤油灯。

我继承了父亲瘦弱的体质，再加上出生时不足月，估计将来没有生育能力。上小学之前不吃米饭，众多讨厌的食物中，一旦菜籽油入口，肯定要吐出来。从小爱吃鸡蛋，不管是蛋饼、蛋卷我都非常喜欢。但是，我一想到热锅要淋上菜籽油，即使烧出来没有油气我也厌恶了。所以，我总是叫祖母或女佣剥掉紧贴锅底的表层之后再吃下去。为了食欲不振的我，这种麻烦事每天都要重复好多遍。有一次，座灯的油滴了一滴到衣服上，我再也不穿了，她们只得将那处剪下再补上一块补丁，我才勉强穿上身。直到今天，我对油腥气非常敏感。我一直以为我只是单纯地厌恶油腥气。然而，听了伯母的话，我开始明白了其中包含的我的悲伤。我厌恶佛坛前的油灯，或许因为对于我来说，父母的死深深渗透着油腥气。还有，从伯母的话里，我也能想象出祖父祖母原谅我一味厌恶油腥的顽固的心情。

我从伯母的话里，一下子想到这些事情时，一种幻影突然从记忆的底层爬上心头。孩提时代曾经梦见山间神社祭典上的百灯祭[1]，点燃在一只只陶制灯碗中的众多的油灯，一排排连续不断地吊在半空。剑道老师实际上是个心地恶劣的坏人，他把我带到那些灯盏前边，说道：

"你要能用竹刀将这些灯碗砍成两半，就算你有本领，我会把剑道秘诀全部教给你！"

粗大的竹刀一刀下去，会把陶制灯碗砸得粉碎，不可能两整半。我全神贯注一个个全部击毁了，回过神来猛然一看，一盏油灯也未剩下，周围变得一片漆黑。那位玩弄剑术的人，露出恶棍本性，我见了赶紧逃脱。这时，梦醒了。

我经常做类似这样的梦。想想伯母说的话便可知晓，这种梦表明了幼时失去父母的冲击潜隐于我的心底，同时又有一种内心力量和这种冲击战斗不止。

在听到伯母的话的同时，没有任何联系而记住的往事，如此集中于一处，相互寒暄，亲切地诉说着共同的身份。每感到这一点，我就自然变得心情兴奋而明净，浑身充满活力，

1. 百灯祭：日本京都岩屋神社的祭祀活动。每年八朔祭（9月第一个周日）点燃百灯，祝愿农作物无灾害，祈求稻谷丰穰。

很想重新思考幼年时期亲人的死别给我的影响。

正如少年时代，我把父亲的相片装饰在书桌上，我也在写给男女友人的信件中，满怀伤悲，流着甘美的眼泪，倾诉“孤儿的悲哀”。

然而不久，我便醒悟过来了：与其说我丝毫不明白“孤儿的悲哀”为何物，毋宁说我根本不可能弄明白。父母活着的时候是那样，父母死了又变成了这样。只有明确知道这两者的不同才会懂得“孤儿的悲哀”。可事实上父母已经死去，至于他们活着时我会怎样，那只有神仙才能知道。假若活着，也未必不会遇到其他不幸的事。倘若那样，为着不曾见过面的父母的死而流下甘美的眼泪，那只能是幼稚的感伤的游戏。不过我想，冲击是肯定的，此种冲击或许只有等到自己上了年纪，回首一生时才会弄明白。在那之前，怎么可能会因为感情的因习和故事的模仿而伤悲呢？

因此，我的内心十分坚韧。

然而，这种倔强反而使我的性格变得有些扭曲，等到高中时代住进集体宿舍，过着自由自在的生活之后，我才切实感到这一点。此种心情一直发挥作用，顽强地庇护着我心灵的创伤和孱弱的身子，却妨碍了我坦率悲叹其可悲、诚实地忍受当忍之寂寞，妨碍了我借助那坦率与诚实，以治愈悲伤与寂寞。很早以前我就经常体会到，由于自幼失掉亲人之爱而自感耻辱的人生，每每变得一片黯然。每逢这种场合，我总是忍受着不发一声叹惋，转为静静沉浸在自我悲哀之中。我时常无心地盯望着剧场或公园等各种场合，那些幸福的家庭中被爸爸妈妈、哥哥姐姐领在手里的孩子，以及那些看起来同样可爱的其他众多的孩子，不由得入迷了。我发现自己沉醉其中，不能自拔，便骂一声："傻瓜！"但也随即意识到，责骂的自己实在不如意。

正如我把父亲的三四十张照片不知何时全都弄丢了一般，我不必再受到已逝亲人的约束了。自己应该反省一下了，身上到底有没有孤儿根性。

"自己确实具有美好的灵魂。"

这种暗自怀抱着的心情，不必再受反省的折磨，我可以将它放逐蓝天，让其自由飞翔。凭借这副心情，二十岁的我来到人生明媚的广场，似乎感到渐渐接近幸福。哪怕刚一接触幸福，也会使我欣喜若狂。我问自己：

"这样行吗？"

"幼少年时代，没有过上幼少年该过的日子，所以如今可以像孩子般欢天喜地。"

要用这样的回答放过自己。不久，一种浩大的幸福将向我走来。看来那时，我要完全从"孤儿根性"中洗脱出来了。犹如一个长期住院获得病愈的患者，逃离病院后第一眼看到碧绿原野，盼望已久的人生终于来临了。

我改换了心境，又听到伯母的话语，所有的一切似乎都在瞬间里复活。因为，凭我的直觉，因父母的死而受到的一种伤痛，忽然救助了我。我即想尝一尝菜籽油的油腥气了。而且，更为奇怪的是，我竟然可以吃它了。我买来菜籽油，用指头蘸蘸，舔了舔，不再敏感地感觉到刺鼻的油腥气了。

“好吃，好吃。”我喊叫起来。

这种变化可以做种种考虑。抑或我一生下来就厌弃油腥气，同父母的死没有关系。由于打心眼里庆幸自己获得救赎而喜不自胜，可以说对这一点不再留意。尽管如此，我还是更想坚持说是另一种缘由：父母双亡引起的忧伤之心，蓦然寄宿于佛前灯火，我将那油泼到庭院里，因而变得憎恨油。后来虽然这一因果关系为我所忘却，但我依旧憎恨着油。因为听了关于父母的往事，偶然将原因及结果结合成一体了。

“在油这件事情上我得救了。”

我想将此明确地作为治愈一个冲击的事实而坚信无疑。

幼年时代亲人的故去给予我的影响，直到我为人夫为人父之时，以及被血肉乡亲们所包围的那一天，都不会消失。不断地净化心灵也很重要。不过，我希望像这种油一样，因一个飘忽而逝的机会，一而再、再而三地于我内心歪曲之时拯救我的心灵。

具有一般人的健康，寿命久长，提高和发展灵魂，完成自己终生的事业，此种希望愈加强化而具有活力。趁着油气而引起的兴奋，微笑着为身体健康而吞服鱼肝油，此种油腥气的东西我每天都要吃一些，而且每吃一次，甚至还会感到阴间的已故亲人对自己的保佑又加深一层。

祖父死后也快要十年了。

“多么明亮啊！”

我真想在亲人们灵前，一边说，一边献上灿烂辉煌的百盏油灯啊！

篝火

这座乡间市镇有许多家制造岐阜名产雨伞和灯笼的作坊，其中的澄愿寺没有大门。朝仓站在路旁，越过境内稀疏的绿树向庭院里窥视，说道：

“道子在，她在，呶，站在那儿呢。”

我走向朝仓身边，挺直了腰杆。

“透过梅枝可以看到……正在帮着和尚泥墙呢。”

一时慌乱的我，连梅枝也分辨不清。然而，我发现有人正在用小小的木锹盛满和好的泥土，递给站在台板上的和尚。虽说看不见道子的身影，但似乎一滴清泉啪嗒一声，滴落在我的心间。仿佛那和泥的人就是我自己，于是，我便带着些微的羞愧与寂寥，向境内走去。

我们从正殿的正面登上新的木质楼梯，拉开崭新的障子门。这就是人（呀，或许就是道子）的居室吗？可以说只堆放着屋瓦而已。修缮中的正殿空旷而轩敞，寂清又荒凉。墙内的竹条和木条裸露着，透过竹编网眼，可以看到只有外侧粗粗地涂着泥土，那些泥土中含有水分，黑乎乎的，使得室内寒森森的。仰头观看，上头是毫无装饰的丑陋的顶棚内部，倒是很高。柔道练习场似的不曾镶边的榻榻米并排在一起。我们同低矮的白木台上的佛像相对而坐。从东京带来的道子的镜台放在一个角落里，似乎摆错了地方，看上去很小。

道子赤脚踏着铺在厨房地板上的稻草苫子出来了，寒暄一阵，问道：

"去名古屋了吗？大家都在一起吗？"

"昨晚住在静冈，他们今天去名古屋，俊君和我不去，我俩来了这里。"

朝仓与我预先商量好了，撒了个谎。半月内两次从东京来访问远在岐阜的道子，毕竟有些不大稳妥。为了糊弄养父母，便给道子写了信，说趁着自己到名古屋方面修学旅行[1]，顺便来探望她。我们前一夜并没有在静冈住旅馆，而是吃了安眠药躺在火车里。我本来想借助安眠药的作用稍微睡一觉，

1. 修学旅行：日本在校中小学生，由学校组织到各地参观游览，培养情操，积累知识，增加社会阅历，丰富人生体验。

使得第二天早晨脸色好看些，但是我脑子里一个劲儿算计着从明天起同道子的每一天交往，此种幻想将我引向无尽的远方。我反复做着同一种美梦，每一场梦对我来说都很新鲜。那些真正的修学旅行归来的女学生甚至把报纸铺在过道上，互相背靠着背，或腮帮子搭着身边少女的肩头，或额头抵在膝盖的行李上……旅途中疲倦的睡相，宛若车内朵朵白花开放。我一个人醒着，看到车厢里全是少女，心想，莫非我们侵占女校的包车了吧？少女们的容颜一旦入睡，愈加显得无忧无虑，看起来浮现出茫茫白色。道子尽管比这些少女年幼，脸上不像她们这般幼稚。然而我只是一味悬想，较之散于此的众多的睡颜，道子要漂亮得多了。乘车的是和歌山女学生与名古屋女学生，但总体来说，名古屋少女的头发更丰盛些。我望着朝仓赞不绝口的一位少女，她一侧的面颊紧靠着伏在车窗上另一位入睡少女浑圆的后背，那种睡姿以及浓丽的眉眼和口唇，格外显得体态幽丽、天真烂漫，令人不忍久久凝视。于是，我闭上眼睛，在脑海里细致地描摹着道子的面孔，心中焦灼不安。要是不亲眼捕捉道子的倩影，就不可能看到我所渴望的她那明朗的容颜。

眼下，坐在我面前，身穿破旧的单层和服的道子，果真就是二十天来让我朝思暮想的那个道子吗？我从那似乎与这一现实毫无关联的悬想之中醒来，一时间略显惊异，我见到了道子，那巧笑不止的正是道子啊！我从令我深感头疼的幻想中挣脱出来，心情变得安然下来。而且，这位少女到底美还是不美，我对此失去了判断。然而，最初的一眼，使我感到道子脸上的缺陷，在我眼中猝然放大了。这就是她的脸吗？这还是个孩子啊！她腰肢细小，坐着的膝盖长长伸展着，显得很不自然。同这个小孩子谈什么结婚，将这两者硬扯在一起，太滑稽了。她比起刚才火车上看到的女学生，只能是个小得多的小孩子！

不一会儿，养母出现了。道子站起身来，我望着她的背影。半幅腰带结子翘棱棱的，显得很小，扁平的腰部一点儿也不稳健。上半身和下半身无力的连接，既不像小姑娘，也不像女人，只是无端地衬得身个儿很高。同时，与此极不协调的一双硕大的素足，在我的眼里无限扩大，给我以重压。这是一双被使唤去泥墙的脚。

养母左侧下眼皮有一颗大黑痣，那轮廓使我初次见面就感到厌恶。

过了一阵子，我以意外的心境抬头望见养父的身影。我的头脑里立即浮现出两个镜头：院政时代[1]的山法师[2]以及身材

---

1. 院政时代：院政指上皇或法皇在院厅履行国政的政治形态。院政时代一般指白河、鸟羽、后白河上皇三代实施院政的时代。

2. 山法师：叡山延历寺的僧徒，尤其是僧兵。

高大的秃头老妖。这位高大而矫健的和尚，耳朵很聋。

这两个人究竟在哪些方面同道子协调一致呢？我本来以为只要满怀好意，同任何人都可以真心相待。然而，我错了。我看着这两个人，感到希望有些落空了。当我的座席被转移到镜台附近，开始上茶的时候，我也不知说些什么好。而且，我无缘无故来到这个家，结果会使得道子背叛他们两个，从而伤害他们二人，不是吗？幸好，朝仓扯着嗓门跟和尚说话，请他同我下围棋，这样才解救了我。

“妞儿，把围棋盘拿过来。妞儿。”和尚呼喊道子。

“呀，好重，好重，好重！”

道子抱着似乎是鲜木制作的棋盘，趺趺撞撞地走来。

我在下围棋期间，道子在正殿后侧窗边，和朝仓站在一起。阴雨连绵的秋天，难得出现的阳光，照耀着庭院里山茶的绿叶，清晰地描画出他们两人的身影。我强打精神走着棋子，似睡若醒，几天以来陶醉于思念道子的疲劳，蓦地涌上心头，我的围棋越下越脆弱了。

这时，酒席已经准备停当。在这乡下，看到自前一日已经备好的膳食，我作为一位不请自来的客人，不由再次自责起来。

“近来，岐阜有什么好看的吗？”

“哦，公园是知道的吧？还有柳濑，柳濑的菊花偶人展或许已经开始了吧，妞儿？”

“还有菊花偶人展？那我一定去看看。”朝仓不失时机地说道。

“柳濑在哪个方向？道子也许知道吧。”

“柳濑，怎么会不知道……哎，我知道。”

“那好，中午领我们一起去吧。这位还未去过公园呢。”

朝仓专门陪我到岐阜来，他想把道子引出来，为我大声地编织着各种谎言。

或许是头脑疲劳的缘故，稍许吃一点儿东西，就感到轻度的恶心。幸好，饭后养父母都离开了，只留下道子一人。我喝了一两杯酒，红着脸，肆无忌惮地躺在佛像面前。

时雨[1]又来了。隔壁的伞店突然传来窸窸窣窣的响声，他们正在忙着将晾在院子里的雨伞一一合拢起来。

道子拿出半年多前的《女学世界》[2]给我们看，真不愧是这座寺院的姑娘。

“出去走走吧。”朝仓说。

“嗯，我跟师傅说一声看。”

道子站起来，随手将厢房内的和尚拉出来，又消失在佛

---

1. 时雨（shigure）：秋末冬初时节的雨。

2.《女学世界》：1901年创刊的月刊杂志，面向女学生，介绍女子教育相关信息。1925年停刊，共350期。

像后边。

朝仓凑近我的耳畔说：

“听说你给道子的信被发现啦！”

“哦！”

“好像是读了一半就被和尚收走了。和尚很生气，这次我们来，据说只许待在家里玩，不准外出。”

“要是看到了，那也没办法。唉，还是被看到了，看来不会让她出门啦。”

我感到我的脸色变了。

“什么呀，没关系的。和尚心眼好，他即使这么说，一旦见到我们，也不会硬不许外出。他要是这么说，我来跟他谈。”

“我不知道信被看过，所以表情才能保持平静。先前不知道，反而帮了大忙。”

然而，一旦听说信被人看过，我的心就一下子缩成一团。这不等于我为这座寺院铺上一块针毡叫道子坐上去吗？我刚才还嘲笑她那双踩着针毡的素足奇丑无比。我怎么这样没出息呢？我心里浮现出坐在针毡上的道子，一副明朗的容颜正看着我呢。

趁着到名古屋修学旅行的途中，下月（十月）八日我顺便去岐阜一趟。到时见面，就你的情况务必商量一下。在那之前，你好好待在家里，忍着性儿不吵架。如果非要逃出家门到东京来，你就给我打电报，我去迎你。要是又一个人来东京，一定不要去别人家，首先来找朝仓或者我。这一点，请你千万千万注意。你看过这封信，就立即撕毁或烧掉。

我给道子写了以上的信，道子对养父母家的强烈不满，以及道子离家出走的幻想，由此第一次被养父察觉到了吧？而且，他既然看透了她要出奔的心思，那么对于这样一个要强任性的养女，还有什么必要非得握着一团火，一直养活下去呢？还有，我这个学仆[1]，本是以前道子的咖啡店顾客，竟然不考虑结果，教唆人家养女干出忘恩负义的事，还想在人家的女儿身上打主意，他肯定觉得真是可恶至极！

壁橱的金属环子咔嗒咔嗒地响，道子慌忙找出外出的腰带。我看着她，自己的倦容似乎暂时消失了。

养父养母反复叮嘱，如果今晚要住在岐阜，不要去旅馆，到他们家去，他们会等着的。

“那就住在家里吧，虽然简陋，但还是可以过夜的呀。”

---

1. 原文为“书生”，在富贵人家一边读书一边做杂务的青少年。

道子换上一身斜纹哔叽和服，到院子里转了转，说道。她微笑着抬头仰望正在修缮中的正殿。

“这儿。”道子用雨伞指了指距离境内不远的路边雨伞店，带着几分羞涩的神色说道，“我在外头等着。”

她旋即去到店头，对老板说：

“给这位客人看看雨伞吧。”

随后，走到作业场内部，一直跟着我们到账房。

“给这位东京的客人看看雨伞吧。”

“是你们家的客人吧？”伞店老板带着轻飘的语调大声嚷嚷道。

“唉，没错。他是东京来的呀！”

“那就只好便宜些啦！”

朝仓买了一把当地名产美浓纸制作的雨伞。

“你是学生哥儿吧？这帽子是哪里的？呶，给我瞧瞧，啲！”老板摆弄着我的学生帽，觉得很稀奇。

刚一走出伞店，不知为何，道子涨红着脸，飞快地穿过作业场工匠们面前，到外边等待着。对面一排伞店作业场格子窗一侧，也站满了工匠，他们一起望着我们。朝仓半张着雨伞，遮挡着面孔，脚步匆匆走过去了，道子也打开了雨伞。我不知道那些人在看什么。我走近隔着一段距离的道子，说道：

“喂，雨停啦！”

朝仓和道子装着仰望天空，收拢雨伞。

不一会儿，道子抄近路拐向小小的天满宫境内，不太耐寒的樱树的落叶，仿佛苏醒般地含蕴着秋的微音，沿着湿地飞跑；接着，又立即被风抛弃，静静死去。由境内后面的田间小路，不久来到广阔的大道。腿脚矫健的朝仓，疾步如飞，道子落后了，我和她走到了一起。女人的美色，唯有走在阳光下的道路上才会准确地裸露出来。我望着步行中的道子。我感到这位姑娘没有一点儿体臭，带着病态的白皙。快活沉滞于底层，似乎始终凝望着自己内心的孤独。对于不习惯同女人一块走路的我来说，望着身高不同的对方愈加感到心情不快。道子趿拉着高齿木屐，走在布满沙石的路面，举步艰难。

“不能再快一些吗？是不是到了极限啦？”

“嗯。”

“喂，走得再慢些，她好像不能快步行走啊。”

“是吗？”朝仓暂时放慢了脚步，然后，立即留下我们两个人，疾步前进。朝仓的暗示很明确。然而，我觉得有点儿太明显了。到达旅馆之前，我们固守诺言，朝仓和我谁也不跟道子把事情说出来。

道子突然发问：

“俊君多大年龄了？”

“嗯？二十三岁。”

“是吗？”道子说完，沉默不语。

朝仓抵达东海道线的高架桥，等着我们。

“那里不是可以看到铁路道口吗？每次走过那个道口去办事，我总是看着开往东京的火车。”道子站在高架桥上，遥望远方。

在岐阜车站前乘坐电车前往长良川。站在南岸旅馆的玄关，老板娘迎出来，她说道，由于最近一场暴风雨，将二楼和一楼的挡雨窗毁坏了，暂时停业。这就是不吉利的前兆啊！

晃晃悠悠回来的路上，朝仓说道：

“到公园玩玩吧。”

“公园？去那里有什么意思？到河对岸的旅馆去吧。刮北风了，对岸反而更好些。”

四五个赤裸的男人仿佛站在起跑线上赛跑，弓着腰在河滩上为顶着急流逆水而上的船只拉纤。我们一边望着他们，一边朝桥头堡走去。道子用寂寞、低沉的嗓音问道：

“您要怎么样呢？”

这句话我听起来很不自然，容易错误地理解为“想把我怎么样呢”。一个十六岁的尚未见过世面的小姑娘，我会把她怎么样呢？我不是正在使得命系此处的活生生的道子，作为完全不是同一血脉的偶人的道子，跳跃于空想的世界吗？莫非这就是恋情？而且，美其名曰所谓结婚，不就是通过扼杀一位女子而使我的幻想得以复活吗？“您要怎么样呢？”这句悲戚的话语，听起来宛若打碎一件东西。让纯真、好胜、光洁闪亮的道子，作为一件没有荫翳与重量之物，轻捷地飞翔于自由的蓝天，不管是不是恋爱，是不是结婚，这都是我的祈愿。

我们渡过长良桥。

时雨无声地洒落在急流上。入住的是楼上八叠大小、面对河水的房间，眼界明亮而开阔。来到走廊上，河水上下游一览无余。对岸金华山的绿叶雨雾空蒙，浮泛着些微的白色。山顶凸现着仿古城楼三层楼的天主阁。刚才的拖船已经向上游驶去，那幅远景令人心旷神怡。

“小姐，洗澡水烧好了吗？岐阜的照相馆哪家好呢？”我向旅馆侍女提出一系列问题。

“眼下客人少，洗澡水要到傍晚才烧呢。照相馆我去问问账房看。”

“咳，何时才能入浴啊？洗澡水烧热了，立马告诉我一声。”

没有洗澡水，我的计划全都乱套了。我早就设想好了，只有在我和朝仓在旅馆里轮流入浴的时候，我们才可能分别同道子待在一起。在车站前的旅馆吃早饭时，我就和朝仓商量好了。

“你先和她谈吧。”

“啊，可以。”

“不，还是我先跟她谈更好。”

“我先谈后谈都没有关系，还是看你的方便吧。”

“在我同她谈话之前，你不要预先对道子透露什么啊。”

“嗯，我不说。”

所以，直到傍晚可以入浴之前，这段空闲时间怎么处理？还有，十月初的房间还没有安设火钵。当时打算提出要和道子结婚的我，同道子之间，我一直想到了火钵。

在玩扑克的时候，道子的手渐渐发软了。偶然的一笑，也显得死气沉沉。

“道子，你生病了吗？”

“没有。”

“你的脸色很不好啊。”

“是吗？不过我没什么呀。”她娇弱地回答着我。

看着她的面孔，如此焦灼地度着时光，我又有些气馁起来，甚至想不再等入浴了，干脆撂下等着想知道我要说什么的道子，回东京算了。我向侍女问了两三遍洗澡水的事，但我又害怕水烧好了。

“洗澡水烧好了，让您久等啦！”侍女在走廊上双手扶地，笑着说。

犹如被命运的鞭子抽打，我战战兢兢望着朝仓。朝仓轻松地站起身子，拿出毛巾。

“朝仓，我先去吧。”我略显迟疑地说。

“啊。”他虽然这么回答我，依旧慢腾腾甩着毛巾走到了走廊上。

“两个人可以一块儿洗。”侍女说。

“那好，我们一块儿洗吧，你来呀。”

朝仓撂下这句话，走向通往浴场的楼梯。我头脑里的一桩桩设想崩塌了，慌慌张张直奔朝仓追赶而去。一阵羞耻使得一颗心失去了着落。

“你先去替我说吧。”我稍微放开嗓门。

“我已经跟道子说过啦！”

“哎？什么时候说的？”我喊道。

“在寺院的时候就同她说了。来到这里后，瞅着你不在场的间隙，零零碎碎也都说了。”

“怎么，你都说过啦？我做梦也未想到过。”

“道子既然说你的信被看过，要是她不能走出寺院，我们不是从东京到这里白跑一趟吗？想到这里，趁着你与和尚下棋的时候，我叫出道子都对她说了。”

“那么，道子怎么说的呢？”

“总之，她对你很有好感，但又说不能马上回话，她要考虑考虑。刚才在电车里，我提议三人一起照张相，当时她说，好吧，那就照吧。看来，大致没问题。等会儿入浴时再详细谈吧。”

我发觉自己伫立于上面楼梯口，于是边说边迅速下了楼。

“那么，你是如何对道子说的呢？”

“‘俊君很喜欢你，我认为这对你来说，比什么都更加美好。再说，更重要的是你同他十分般配。’”

般配，这个词儿突然使我感到羞愧难当。而且，我从这个词中透彻地感受到朝仓眼中的“我”是个什么样子，令我突然感到很没趣。道子刚强我纤弱，道子明朗我悒郁，道子热烈活跃，我孤寂沉静。不过，大凡有这样想法的人，对我并不理解，我对此很反感。

“反正你不能老待在寺院里，回老家吧，你也不会做个乡间农妇。一个女人家，即便来东京也不太容易。指望大连的婶母，那想法更是错误的。凭你的心性，你不能嫁给父母兄弟姊妹众多的家庭。这些我都给她详细说了，道子自己也很清楚……”

“回话不回话，随她去吧。我也跟她说说看。”我说着，水里泡了不到两分钟，匆匆忙忙擦干了身子。

“可以泡得再长一些嘛，时间这么短，叫人太难为情啦。”

登上楼梯，看到道子走出屋子站到另一侧走廊上，呆然地扶着栏杆。

“喂，怎么啦？”

“啊，洗得好快呀，已经洗好了吗？”

可她的表情却是另一副模样。道子似乎若无其事，半是硬绷着笑脸，向我走来。

“洗得好快呀。”

“乌鸦攫水般的短暂。”

话题扯远了，不行，我随便敷衍了一句。我把毛巾晾在衣架上，这时候，道子无声地坐在围棋盘对面，目光茫然地落在膝头上。我动了动身子，坐到她面前，她也不瞧我一眼。我再也不说什么，心情紧张地等着她。

“朝仓跟你说什么了吗？”

蓦然间，道子的脸色失去了生命的光艳。一转眼，又看到血液回流，肤色变红了。

“是的。”

正想抽上一支烟，琥珀烟嘴敲打着牙齿，咔咔作响。

“那么，你是怎么想的呢？”

“我没有什么要说的。”

“啊？”

“我什么也不想说了，您能娶我，我感到很幸福。”

“幸福”这个词儿，以猝不及防的惊讶，震撼着我的良心。

“至于幸福不幸福嘛……”我刚要开口，道子刚才一副钢针般铿锵闪亮的嗓音，打断了我的话语。

“不，肯定是幸福的！”

我仿佛受到压抑，不再说话了。人世间，谁能知道什么是幸福，什么是不幸。今天的结婚，不知道是明天的喜悦还是悲伤，只是一味祈求快乐，梦想快乐。那么说，用“明天的喜悦”这句话能够换来“今天的结婚”吗？无形的幸福和看不透的明天，只有作为希望才显得真实，用于约定则成谎言。——然而，这些道理又有什么用呢？只要这姑娘打心眼里感到幸福，不就够了吗？她的梦想难道不应该受到保护吗？——这姑娘，她认定同我结婚就是幸福！

“所以，暂时将我的户籍转到澄愿寺，然后您就可以来娶我，我会非常高兴。”

提到户籍的事，对我来说，比谈论感情纠葛轻松多了。我又同道子谈到了她和养父母家的关系，虽说我已偶有所闻。

“嗯，大连的婶母也说了，只要有合适的人家，你就出嫁吧。连和尚师傅都跟我父亲说，闺女要是嫁人，由他们那儿承办。总之，先把户籍转来。我只要说声走，他们就会放我的。其实像我这种人，对于他们来说，也许放走为好。”道子说着说着，沉下两个肩头，身子变得轻柔起来。

“你是知道的，我一无所有。你还有父亲……”

我童年时代失去亲人，本想说道子小时候离开家乡，但话到喉咙管里又咽回去了。

“嗯，我很清楚呀。”

“如今，你已没了归宿，不要以为我是乘人之危才提出娶你……”

“怎么会呢，我不这么想。”

“今后，我写小说，靠着写作……”

“噢，那很好呀，我还有什么可说的呢？”

我的言语不能表达一点儿感情，与以前我的幻想全然不同。道子兀自伫立于远方。而且，一旦沉默，我的一颗宁静的心，就会变得清澄如水，哗哗向远方流淌。我似乎昏昏欲睡。我望着道子，心想，这姑娘同我订婚了！就是她呀，我珍视地看着道子，像睁大眼睛的孩子感到快乐的惊奇。真是奇妙无比啊！我的遥远的过去，又沐浴着新的阳光，似乎轻轻地磨蹭着我，向我撒娇：看呀，看呀！同我这样的人订婚，不知为何，总感到盲目的道子太可怜了。枉然，婚约或是一种无聊的枉然。我蓦地看到两只堕入广阔深渊的火球。不知何故，看起来世界万物全都化为无声的小小的远景。

“澡堂子空啦。”侍女说，她是来报告朝仓已经洗完澡了。

“你去洗个澡吧。”我站起来，将衣架上我的湿毛巾递给她，道子老老实实接过去，走出房间。

道子洗完澡回来，朝仓已经不在房间里了。道子没有看我一眼，摸索了一阵提包，拉开障子门，到走廊上去了。我想，她可能不好意思在房间里化妆，我不再去瞧着她。过了一会儿，及早亮起了电灯，我到走廊上看看。只见道子面向河水，脸孔抵着栏杆，两手捂着眼睛。啊，原来如此。她在偷偷哭泣！她的心情传染了我。被我发现后，道子立即回到房间里来。她眼泡红肿，显得很娇弱，微笑着，似乎随时向我依偎过来。这是我预料中的表情。

这时，朝仓回来了，晚饭也送过来了。

道子的面容焕然一新。浴场里没有胭脂和白粉，她也没拿任何东西到走廊上去，但她自早晨起一副青黄的皮肤已经变白，面颊似初染潮红，看起来活泼而富有朝气。病人变成了少女。或许在寺院时，听了朝仓的话，一直记挂在心里，才显得面色沉滞吧？一旦走出寺院，将未曾打理过的头发用热水洗涤一番，装束整齐。看上去，眉眼口唇，轮廓清晰，但总带些迷惘的神色。

晚饭后，朝仓和道子到走廊上，一边眺望暮色渐浓的河水，一边聊着家常。我怀着饱满的感情躺倒了。

“出来一下吧。”朝仓喊道。道子站起身，我便坐到她的藤椅上。白浪低伏的河水对岸，郊外的灯光幽远凄迷。道子自言自语地说：

“马年作祟啊。”

她指的是丙午年出生的事。想起过去的日子，于此寻找新的自我。——丙午二八[1]少女，这古老日本传说中的虚饰，是如何刺激着我啊！

道子说个没完，像娇宝宝挥舞“滴滴金儿”一样不住爆出火花。

---

1. 丙午二八：丙午（hinoeuma），旧时干支第43组。迷信者认为这年多火灾；出生于丙午年的女孩，性情火暴，婚后噬夫。二八，女子十六岁。

“唉，那篝火本是鱼鹰船[1]啊！”我喊道。

“啊呀，那的确是鱼鹰船啊！”

“看样子要来这里呢。”

“是的是的，是要打这里经过。”

金华山山麓的暗夜，飘浮着点点篝火。

“没料到能看见鱼鹰捕鱼。”

“六艘，七艘。”

篝火划过湍急的河水，犹如我们心头的灯光迅即到来，已经可以认清黝黑的船体了。最先看到火焰闪亮，接着是鱼鹰师、耍鱼鹰者，还有船夫。舟楫咚咚叩打着船舷，船夫阵阵吆喝不停，火把的燃烧毕剥有声。渔船顺流而下，驶向旅馆所在的这边河岸，船速很快，我们立于篝火之中。船舷上黑色的鱼鹰展开骄纵的翅膀，有的倏忽钻进流水，有的潜隐于水底，有的漂浮于水上，还有的被鱼鹰师用右手捏住嘴巴，吐出小香鱼来……水上小小的黑色妖魔动作轻捷，一只船上十六只鱼鹰，不知看哪一只好。鱼鹰师立于船首，通过手里的绳索，灵巧地操控着十二只鱼鹰。船头的篝火照亮了河水，似乎从旅馆的二楼上就能看到小香鱼。

---

1. 鱼鹰船：原文为“鹈饲船”（ukaibune），夏夜利用鸬鹚（鱼鹰）捕鱼的观光活动，以岐阜长良川最有名。

接着，我拥抱着熊熊燃烧的篝火，我时时望着道子被闪闪火光映照的面孔。如此美丽的容颜，道子的一生难得再有第二次。

我们的旅馆位于下鸦饲这个地方。目送着流出长良桥畔的篝火，三个人离开了旅馆。我连帽子都没戴。朝仓也没打声招呼，在柳濑突然下车，意思是：你们两个去吧。只剩我和道子二人乘坐的电车，迅速通过灯火阑珊的城镇。

春景色

一

这是个晴天，竹林被风摇曳着，打乱了他要描绘的风景。

他虽然已经关闭颜料箱，却并不想动一下画架。那是红漆剥落的谷川桥，要等待前来山谷的人，桥上是最好的会面地点。

眼前的风景，尽管竹林摇摆不定，但杉树林却静止不动。晨光及早来到竹林，杉树林最快迎接夕阳。不过，那时是中午。中午是属于竹林的。竹叶像一群只有羽翼交飞的蜻蜓，同日光一起嬉笑玩乐。

那时，也有风和日光。

静静凝望着竹叶和冬日阳光古典式的姗姗共舞，他早已忘掉风景被搅乱的恼怒。洒在竹叶上的光亮，犹如通体透明的鱼儿，在他心中游动。

抵达这座山峡，就会立即注意到，这里风景的特色在于稀稀落落的竹林。

那些清瘦的竹林，是山峡感情的化妆。

他见惯了京都近郊的“竹林千里”，因此，竹林对于他并不稀罕。然而，这座山里的竹林却如此清瘦、稀疏，而且大都伫立于山棱上面。假如将这座山谷比作海湾，竹林全都位于半岛的尖端上。这么一想，从竹叶的震颤里恍惚嗅到潮水的馨香。

竹林是这座山岭亲切的触角，浸染了这座山岭的染料坊的爱情。

“姐姐，你是姐姐吗？”

他向一位城里人打扮的女子高兴地喊道，那女子正沿着谷川的石子路向下游行走。

“你是不是千代子的姐姐呀？”

那女子迟疑地停住脚步，耸起双肩，接着就郑重弯下腰，正要恭恭敬敬打招呼。这时，他突然笑了，毫无顾忌地走过去，模仿西洋人礼节，握住了她的手。

“我想，你一定会经过这座桥，因为到温泉旅馆只有这条路。”

“姐姐”这个词儿，突然冒出来了。同她可是初次见面啊，至于和千代子结婚的事儿，不仅没有征求她的父母与姐姐的意见，连个招呼都没打，这会儿，竟然如此肆无忌惮地走上前去。

“请等一等。”

他又返回桥上那个被白白弃置的画架跟前，将画架夹在胳肢窝里，耷拉着画布走下来。颜料箱一开始就挎在肩膀上了。

“这里确实是风景如画。站在画一般的地方画画，这是你的营生，真是极大的快乐啊。”姐夫带着一双寻常的眼睛，看看山景，又看看他和画布。

“这里的景色我很满意。每到冬枯时节，不管哪里都是有意乔装打扮，反而无趣。这里的风景质朴素净，令人爽目。在日本，这样的地方很少见。”

他走着，折下一小枝梅花。

盛开的六瓣梅花，他用手指尖儿骨碌碌地旋转着。他停住手，梅花的雄蕊使他惊奇。这是他平生第一次看见梅花的雄蕊。

它们一根一根银弓般地反转着，小小的花粉的尖端对着雌蕊抛撒。

他透过花枝仰望蓝天，弓形的雄蕊宛若新月，向蓝天发射。

他莫名其妙地联想起浅草的团十郎铜像[1]。这或许是美的劲健与丑的劲健的对照吧。

他似乎看到梅花的绘画，如今感到眼界开阔了。

一位盲人按摩师交肩而过，他们三人回头看了看。

盲人的手杖尖儿敲击着地面，摇摇晃晃地走到他们眼前。他一步踏上桥板，把手杖扛在左肩膀上，右手刺溜刺溜滑着栏杆，犹如地面缆车滑过去了。

三个人惊呆了，接着哈哈大笑起来。

二

到了就寝的时候了。

星期六晚上，温泉旅馆客人很多。姐姐夫妇订不到房间。即便把桌子和长火钵移到廊下，四叠半的房间里也只能铺下两张床铺。

女人和女人一组睡，男人和男人一组睡；还是两对夫妇

1. 大正八年（1919年），为讴歌近代歌舞伎“剧圣”九代目市川团十郎，于江户歌舞伎圣地浅草寺境内建立他所饰演的歌舞伎十八番“暂”这一角色的铜像。是为近代雕刻之典范。

各自分开睡呢？

他为床铺问题暗自怀疑，看看姐妹俩如何解决这个问题。

他同千代子的姐姐和姐夫都是初次见面。姐姐夫妇倘若不同意妹妹这桩婚事，他们也可以说不了解情况。

“我先睡了。”

他第一个钻入右侧的床铺。

姐姐解开腰带，她丝毫不避忌他的眼睛，她没有系细衣带儿，就那么耷拉着衣裾，抓住窗棂脱袜子。接着，进入左侧的床铺。她当然不会进入他的床铺。

她的脖颈比千代子更白。躺卧下来，簪子上的珊瑚珠愈显美丽，酷似水滴。

千代子一言不发，极不自然地滑入姐姐的被窝。由此，问题解决了。

“请原谅。”

姐夫说着，钻进他的身旁。

他害怕男人的肌肤，顽固地缩紧着肩膀。四个人都不说话，显得很奇怪。

过了一会儿，姐姐不断向上拉扯被子。

“小千代，稍稍再靠近我些。这人好生奇怪，莫非不知道两男两女分开睡吗？”

姐夫大声笑着说。

“冷吗？”

“冷呀。”

“来，我给你焐焐身子。让我和小千代换一下吧。”

姐夫说罢，就若无其事地走向妻子的被窝。随后，眼瞅着千代子进入他的床铺。

“各取所需啊，找个肌肤寒冷的女人，真是倒了霉啦。”

大伙儿都笑了。

千代子咕嘟咽了口唾沫，鼻子抵在枕头上。他的下巴颏被她的秀发扑打着，他轻轻闭上眼睛。

“感谢姐夫。”

“不过，你们的老妈妈看到了会更高兴啊！”

“这个恶棍！”姐姐娇滴滴地喊了一声。

千代子用力攥了一下他的手指。

他熄灭电灯。千代子拉过他的腕子枕在头底下。

他的脑子里描绘着两张并排的床铺，分别被抱住的姐妹的身子。多么美好的姿势！

小小房间的暗夜，笼罩着濡湿的花香般的气息。他像植物一样呼吸。

羡慕那柔软的女体。真想成为姐姐或妹妹。若能如此，那是多么新鲜、喜悦，浑身颤动不已啊！

他想起梅花的雄蕊。接着，谈起了团十郎铜像的故事。

“浅草的观音堂后面不是有座团十郎的铜像吗？那是演出《暂》这出戏的姿势。积蓄着满身的力气，双脚踏地。我每当看到这座铜像，就感到他实在太痛苦了。人生百年，天天那样绷着一股劲儿，实在叫人受不住。我好同情团十郎啊！”

四人满意地笑了。至于他和千代子的婚事，谁都没有提一句。

三

旅馆里一个四岁的小男孩，看到红色汽车的绘画，问千代子：

“小姐姐，这是定期班车吧？”

这是一种车体涂着红色的公共汽车。姐姐膝头上抱着竹筐，闻到鲜蘑菇的香气。从两颊到下巴颏的线条很沉静。

他从后头敲敲赛璐珞窗户。

姐姐点点头，同时，汽车发车了。

今天，车后头吊着新轮胎，轮胎上面的赛璐珞窗户里，姐姐在招手。

“是我忘了什么了？哦，是千代子的事吗？”她那摇来摇去的手似乎在说话。

山葵店的姑娘背着巨大的菜筐，她从山葵水田里回来了。

她喊着口号将背上的重物放在店里的地板上。店内的山葵切去了叶子和根须，像牛栏里的碎稻秆一般散放在地上。

汽车通过河下游模型般的白木桥。流逝的红色沿着国道走远了，仿佛吸附着广阔的山峡而去。

“我虽然讨厌红色，但远远看起来也很好。”

“姐姐啊，她老爱穿红色衣服。”

“不过，她是专为我们回来一趟。——要乘马车吗？”

“乘马车去哪里？”

“去哪儿都行。”

马车旅馆在村外。

檐头的小鸟笼里，喂养着似乎昨天才捕获的两只绣眼儿，它们张开羽翅扑棱棱闹腾着。

“喂，买只绣眼儿吧。”

“要是见了马……”

千代子学着他的腔调：

“喂，买匹马吧。”

绣眼儿的鸟囮子在红梅枝头的笼子里鸣叫。

“是雄鸟！”

“你知道？”

“我知道。孩子时代，我在乡下的山里听惯了各种雄鸟雌鸟的啼鸣。”

故乡山峦的景象，在他现在绘画的精神世界，只是没有任何关联的幻影。他若把故乡的山野描绘成幻影，他就会将眼前的马粪绘入画面。

庭院里的空马车卸掉车辕子，寂静地横在地面上。

今天也在刮风，红梅树的红色花瓣吧嗒吧嗒飘进马厩，瞅一眼饲料桶，不用说，桶里漂满了花瓣。

越过马厩，可以看到后面干枯的原野。那里很宽广。他一跃而下，在芒草上点着了火。是野火。火焰似游丝，留下黑色的痕迹扩散开来。

“柳绿花红，柳绿花红。”

这是最近的口头语。所以，千代子立即跟着说；

“柳也不绿，花也不红。小心，再小心。”

不知何时扔掉的火柴盒在脚边喷火。

四

突然，大象和骆驼沿着村庄的国道走来了。

千代子走进山茶树林里采一朵山茶花，刚刚踏上国道，鼻子尖儿差点儿触到了庞大的动物。

“啊呀！”她大叫一声，几乎将他推倒在山茶树林里。她一把抓住他的袖筒，绕到他的背后。

大象不时甩动着马调教师皮鞭似的尾巴。

骆驼每走上两三步，就要像太古的武将抬起头来。

大象的前脚好似乡间女儿一般，羞怯得向内里收缩，而后脚却像牌坊，往两边叉开撒尿。

“啊。”

千代子躲在他背后，避开了目光。那是一头大公象。孩子们各自呼喊着向路边退避。

“哎呀，瞧那山茶花。”

红红的花朵浮在尿里。那是千代子惊吓时丢弃的山茶。她噘起嘴唇，眼角上挑，认真地凝视着那只花船。

他想跨上那头双峰驼，骑在双峰之间。总觉得那里富有色情味儿。

“太古的旅人啊。”

“象和骆驼的脚步，使人觉得仿佛都穿着古老的草鞋行进。”

“可是，谁会相信，象和骆驼比马跑得快呢？”

“嗯，不过要是看到它们跑得快，就会显得是天生一副快脚板。这些动物因为是往古时代的遗留，在前一世界的人们眼里，或许就有一种会快跑的姿态。当今的人们也一样，摆出一副比骆驼还要快速的架势。”

“就像那猴子啊。”

一只小猴子得意扬扬地坐在象背上，活像一位可憎的干瘪老太婆，安安稳稳地坐在那里。

“看起来，就连佛祖也可以安心前往极乐世界了。”

“为什么？佛祖不就是极乐世界的主宰吗？”

“佛祖说过，乌鸦与猫头鹰共栖一树、相亲相爱之时，予始入涅槃；蛇、鼠与狼同住一穴，亲如兄弟之顷，始入寂。你看那象和猴子多么亲密。”

“象同猴子关系不好吗？”

“这个嘛。”

然而，山丘般隆起的象背，那孩子般的曲线，实在显得健硕而又丰满。

“喃。”千代子从后头拽一下他的羽织褂。

“好长啊！”

骆驼伸长了脖子。将嘴巴凑到荞麦田旁边的一簇瑞香花。

“它能闻到瑞香的香味儿吗？”

瑞香花正在打骨朵儿。

总之，它那U字形的脖子突然伸长了，变成斜线。那条线突然显得很美观，看起来长长的。

“那骆驼一张开悟的面孔，摆出圣人长者的派头。”

“你还是从孩子立场看它为好。”

“山羊爷爷。”

“你只注意到下巴上的胡子。”

而且，骆驼还有一绺像鹦鹉般的短俏的刘海儿。

象的鼻子像尺蠖一样伸缩自由，又像绦虫一般翻卷松弛，还像动物学教科书上的绦虫的头。鼻子上卷，可以看到赤贝似的嘴。嘴唇一直在动，仿佛平静的大海不住舔舐着平滑的岩石，又好像蜗牛一般吸附着在上头。

骆驼用口唇吃草。

“象的眼睛不讨喜，骆驼嘛，好得多。一副柔和的老好人的样子。象的眼睛很阴险。”

象用灰色团扇般的耳朵扇着面颊。那是不凉爽的面颊。看上去就像不长骨头的腿穿着肥大的旧裤子。

“是巡回动物园吧？”

“或许是的。”

“是马戏团，没错。”

他和千代子不由得同孩子、村民一起，陪伴大象沿着国道前行。

一条小狗用充满稚气的表情仰头看着大象，噔噔噔地跑动着跟上来。

“可能去海港吧。因为不能乘货车，只得让它们走路。”

象伸长着鼻子，将木炭包从木炭铺的屋檐上拽落下来，又把路边的合欢树轻松地连根拔起。

“哎呀，它不是想吃，而是对合欢树瞧不顺眼啊。”

南边净是山峦。到达岭口的道路约有十四五公里。到达港町约有四十四公里。山上的积雪已经消融。鹿群正在透过树丛，窥视着翻山越岭的大动物吧。

象的屁股宛若布袋子一般鼓鼓囊囊地下垂着，仿佛被眠神背负着走路，慢慢腾腾搅浑着竹园内的日影行进。

“何时回来呢？回来时一定也走这条路啊！”

千代子的那副表情，仿佛在讲述密友的故事。

五

朝着涂成红壳的木板桥，千代子提着颜料箱和瓶子，跟在他后头走来。

瓶子是汽水的瓶子，向旅馆要来用于洗涤画笔。千代子用黑色的发带系在瓶口上。

每当洗画笔的水浑浊了，她就拎着瓶子到谷川汲水。她向对岸的山茶花投掷小石子。花朵没有打落下来。

杉树林笼罩在胶褐色的黑暗里，已经微微看到光亮了。

“杉树的花粉飘散的时候像沙烟，要在那之前完成这幅画。”

“呀，好自在啊。那样不全都变色了吗？”

“颜料有的是。”

他就是如此地眺望着这片风景。

杉树一直高高站立，然而，他并非喜爱树干的高大。如今的他，并不满意那高大的忧郁。因此，他的风景画从杉林的一角开始，就毁弃了写实。

他本来怀有一种心情，想把杉树林画得像草丛一样低矮，犹如笔头菜，而且使画面十分明朗。他想，这样是不行的。

他发现应该从日光的阴影里眺望，而不能只看阳光普照的表面。

竹叶和阳光古典式的轻微的舞蹈，只有在日影里才看得到。

只有竹叶一片一片展现的时候，才能描画出竹子的美丽。

不过，比起日本画中的竹林来，他又由这片美丽的日光的微波联想到西洋油画，想起那描绘嫩绿树林和沉静海面的印象派，想起那溢满森林和大海的丰沛的阳光。

不，较之油画，他又想起音乐。日本的乐器，琴、尺八……

“哎呀，尺八不就是竹子吗？真糊涂。”

他不停地大笑起来。

竹叶未使阳光闪闪跳动之时，也适合从日影里观看。微薄的阳光透过竹叶，那情景很可人意。

然而，他的风景画必须同这山谷里染料坊的爱情战斗。陶醉于竹林寂寞的明朗，那是最幼稚的。但是画竹林比画杉树林更难。

桥头的梅树向谷川倾斜着身子，就在他的眼前。

就像是玻璃窗的窗棂，控制着风景。为了将他束缚在写实之中，极力起到风景测量器的作用。

梅花盛开。

但是，在他的速写里一概抹杀。作为风景画的前景，高大的梅花像一只妖怪。

作为风景画家，对他来说，遇到梅树这样的情况并不少见。靠眼睛太近之物，看起来都像巨大的妖怪。

他不看近处的梅花，只看远方的竹林和杉树林。在他的眼睛里，梅花看起来像烟雾，不久就消失了。

或许他曾惊叹于梅花的雄蕊吧，他有时猝然想起：

“消失到哪儿去了呢？”

梅花不是似烟雾一般渗入他的内心了吗？

若此，描绘有竹林与杉树林的风景的，不是他而是梅树，对吗？因而，这幅画与其命名为“有竹林与杉树林的风景”，不如命名为“梅树”更为恰当，不是吗？

“唉，无论谁看了我的绘画，都不会想到这风景中曾有象和骆驼通过。”

“那就附上说明吧。”

“‘象和骆驼通过的梅花画’，有了这个题名，就明白无误了。”

他一骨碌倒在草地上。

“是我瞎说的，这幅画完全是写实。唉，咱们回到东京，就举办婚礼吧。”

“那样的婚礼似乎就是为了解闷儿。”

“我很想画一幅人体画。”

千代子虽然不是女模特儿，但有一次，她在他画室里竟然找不到腰带了。她只得在单层和服上，将他的布腰带缠了好几圈儿，到街上的青菜店买萝卜。干脆就画千代子的那副打扮吧。

六

千代子嘎啦嘎啦推开高大的玻璃门，光脚跨过谷川浴场的门槛。

“擦干净玻璃，看起来蓝晶晶的。”

“没有擦过呀。”她从衣袖里掏出一支新牙刷来。

“那支旧的扔掉算了。”

他在浴场的廊缘上大声叫道：

“哎呀，这条手巾女人味儿很重哪！”

飘来了树木的香气。那是河上游木材厂的木屑气味。

“讨厌，您错拿了我的手巾啦。”

脱衣场传来了千代子的高声喊叫。

也许她不想用他的手巾揩拭肌肤，所以展开来像旗帜遮挡着前面，沿着石阶咚咚咚跑了下来。犹如成子苹果[1]一般洁白的乳房，今早不是微微发红了吗？

“奇怪。”他嘀咕一声，凝望着谷川布满石子的河滩。

“嗨，春天来啦。”

“唔。”她也朝窗外望去。

“我呀，正好新买来了弦丝牙签[2]，称得上是个好媳妇。”

他合起手掌，肆无忌惮地打起水仗来了。

温泉的气味很浓重，似乎也有岩石的馨香。

日复一日，来谷川钓小鳟鱼的人越来越多了。

“三月咬衣穗儿”，千代子听说过这句俗语。穿着褴褛的衣衫，站立于水中，许多小鳟鱼会咬住破烂的衣裾不放。春天可以钓到很多鳟鱼。

千代子也和旅馆的伙计一块儿去钓鱼。然后，将颜色鲜丽的各种红斑、紫斑和黄斑鱼摆在一起给人看。

“比你的调色盘好看多啦！”

村中的空地上临时搭建一间屋子，正在上演女性歌舞伎[3]。

---

1. 原文为“成子林檎”，传说是一位名叫岛田成子的妇女培育的美味苹果。

2. 原文为“齿杨枝”，一种弓弦形带把手的丝线洁齿用具。

3. 女性歌舞伎：全由女性表演的歌舞伎，又称游女歌舞伎，历史上曾遭禁止。

“我邀请了京都的客人，一起去看看吧。”

“京都的客人？”

“今天才到。”

京都来的是一对年轻夫妇。

那位妻子的肌肤温热湿润，纹理致密，渗出水雾般的细汗。

舞台上身穿红色和服的女孩子遗出了小便，舞台染红了。

从那红色中，似乎飘起游丝，那是这样一个夜晚。

走出小屋，千代子突然握住他的手悄声说：

“很潮湿吧。夫人用丈夫外套的袖子盖着火钵，始终握住我的手。从我进屋到离开一直不肯放。不是才见面吗，你说怪不怪？”

“没什么好奇怪的，你不是挺高兴的吗？”

杂技团来时，她也把他拉去了。

驯兽师牵来了猴子和狗。

一副偶人的模样儿，能发出偶人的声音，这位十八九岁的姑娘，叫狗倒立，走钢丝。看热闹的老婆子突然大喊：

“我明白啦！我看到啦！停止。太可怜啦，不要叫狗去干那种事啦！”

姑娘像偶人一般哭丧着脸。

月夜归来，雨蛙鸣叫。

千代子的口哨，打从前段时间起，已经学会模仿雨蛙的叫声。

他去观看春天的植物。

“把这个簪在你的头发上，同珊瑚珠并在一起。”他摘下一粒桃叶珊瑚果交给千代子。

冬日里，他多少次手捧鲜红的果实，仔细观看啊！

三叉花[1]开着鹅黄的筒子形花瓣的日子，为了让她观赏一下那无叶的灌木，特意领她到山里走一圈。

“这花从孕蕾到盛开，需要一个月时光。天冷时，花朵开在光秃的枝干上，可能耐寒啦。”

马醉木的花朵看起来像小粒的白贝。

“握握看，像棉花一样柔软，真叫人吃惊。”

这种质朴的花丛太好了。然而，当木兰、彼岸樱和紫云英等，犹如大都市的繁花，朵朵盛开之时，他的眼睛狂乱了。他想去深山的溪谷寻找款冬。

树木的嫩芽同样如此。红叶和扇骨木的红芽，柿子树的绿芽，仿佛给胎儿刚刚洗过澡的水色，对于他都是奇迹。但是，山野的树木一旦变作五颜六色的喷水和阳伞，五天中总有一天，他不想再去看风景了。

---

1. 三叉花：又名黄瑞香，原产中国。花黄色，长筒形花朵。

到那时，他就神情恍惚地瞧着房间的窗户。雄松的芽是铅笔。罗汉松的芽像蜻蜓的翅膀在飞翔。

一天，他以为空中飞满了白粉蛾，那是春雨。他回家拿雨伞。不，他是来叫千代子的。

“喂，去看看竹林吧。”

竹林被雾一般的雨打湿了，犹如青青绒毛般的羊群，垂着头，静静地睡眠、休息。

“多么安详的静寂。”

他悄悄将手搭在千代子的肩膀上。

身边的水田里，三四十只刚刚钻出土地的青蛙浑身泥浆。它们弄错了季节，咕咕咕地鸣叫起来。

温泉旅馆

A　夏逝

一

她们像野兽，洁白的裸体爬来爬去。

一团脂肪堆积的迟钝的裸体们，在昏黑氤氲的热气底下，用膝头爬动，那姿态活像是一群湿漉漉、黏糊糊的野兽。唯有肩膀的肌肉劲健地运动着，就像在干庄稼活儿。不过，头上的黑发又像人——高贵的、悲哀的、水滴般的。何等鲜丽的人体啊！

阿泷扔掉刷帚，像跳木马一样，猝然一跃，越过高窗，迅疾跨在水沟上，蹲下腰来，对着溪流嘀咕道：

“秋天啦。”

“这是真正的秋风啊。入秋静寂的避暑地，犹如船舶出海后的港口……”小雪走出浴场，身姿艳丽，她也学着热恋中的城里女子说话的声调。

“好神气啊，小矮人。”阿芳说着，用刷帚敲了一下她的腰杆。

“东京人从八月初就叫唤什么‘秋天啦，秋天啦’，他们或许以为山里一年到头都在刮秋风哩。”

“我呀，阿芳，我要是那位小姐，会说得更动听呢。我会说：‘那就像找不到婆家的老姑娘。’”

“不好意思。别看我，也曾经很风光地嫁过三次人哩。在你们这般年纪，也是有了丈夫的。”

“那么，这么说呢？入秋静寂的避暑地，就像三进三出的回头女人。”小雪说着，朝河滩上跑去。

阿泷伸伸腰，依旧跨在小沟上，观察城里人的“秋天”。可是，故乡的山脉只是飘浮在月亮里。她来到城镇时，从未再想起过温泉村这条谷川的水声。五个月不曾游玩的她，使得紧绷绷的腹部，犹如月光透过栎树的叶缝漏泄下来，染上了斑马似的条纹。

阿芳把头伸向窗外。

“阿泷，你又犯老毛病了，那条河是洗涮餐具的啊！”

“什么餐具？”

“水下有香鱼槽[1]，不也在这里淘米吗？”

“不是流走了吗？”

“这个贱货！”

然而，阿泷头也不回地问道：

“小雪会游泳吗？”说着，她握着小姑娘的腕子，渡过河面上的桥。小雪因裸体而感到害羞，用力收缩腹部。阿泷见了，“咚”地捅了一下她的脑袋。

“瞧你！”

“脚疼呀，光着脚呢！”

浴场里的女人自然都在说她俩的坏话。两人的头发都显得粗壮、丰茂，湿水后更加乌黑。平素，别的女人都觉得她俩天生具有性感。两人整个夏天还共铺一条褥子。还有，今晚上分别交付了八月里赚的钱。

“她俩一定瞒着账房，扣下自己赚的钱了。因为尝到了甜头，眼下两人又偷偷去交代问题了。”

“说不定，她们对平均分配不服气……”

其实，对于正当的“平均分配”，她们七个人都是满肚子牢骚。自己也承认自己分得最少的一位农家姑娘阿时——只

1. 槽：原文为“生箦”，将捕到的鱼虾置于水中，圈以竹篱或丝网。

因她身子弱——从浴槽底下特地抬起头说：

“她们那号人和我们不同，一个原是肉店女佣，另一个是艺妓馆的小保姆，自然会耍滑头的。”

阿泷将小雪抱起来，像拎起一束青菜，走过桥对面的脚踏石。桥梁通向谷川的河心岛，岛上还建了亭子，成了旅馆的庭院。散乱的月光照射着河滩周围，犹如一群溺水的银色的候鸟。岩石的白色以及对岸杉树林秋虫的鸣叫，交混在一起，进逼着她的裸体。

浴槽似乎打扫完毕，传来小水桶放在水泥地面上的响声。阿泷在凉亭的柱子旁边发现烟花。小雪从百日红树枝上扯下游客的泳衣，一脚蹬了进去。

“瞧，这么长，都到膝盖了。”

“男人的。”

剩下的女人都穿着睡衣过桥来了。要是平常，早就睡倒像根棒子了。她们每晚两人结成一对轮班打扫的浴场，今晚上七个人一起干完了。她们手里握着钱，就像欲望节的前夕，她们讥笑穿着肥大的泳衣、梳着桃瓣髻的小雪，回忆着夏天男客的种种约定，感到饥肠辘辘，恶狠狠地数落着客人们的缺点。接着，阿泷说道：

“阿时和阿谷不就干到明天为止吗？我们放烟花同她们告别吧。”

烟花濡湿了。

“小雪，秋天，就像濡湿的烟花。”第二次接连擦了十五六根火柴，一声爆响，火球穿过长满新叶的樱花树梢。

众皆欢呼，一起扬首看天上。而且，她们还看到晒台上吊挂着一个身穿浴衣的男子。旅馆顺着谷川河岸斜坡而建，与大门口的玄关同一水平，后院的晒台稍高一些，需要跳起来才能上去。那位垂挂的男人晃晃悠悠的两腿，终于攀住圆木柱子，笨拙地使劲向上爬。

“哦，那是鹤屋君嘛。”

“那人真是‘病’得不轻。”

大家一阵哄笑。阿芳嘘的一声，用手止住，说道：

“走廊的门上了锁，他是从后院绕到这里的。”

男子疯子一般拼命拽拉挡雨窗，不久又用两手抬起来卸掉，那窗板“哗啦”一声，连人一同倒在女佣房间里。窗内漆黑一片，阿芳立即向桥那边跑去。女人们都慌忙离开。阿泷对正在脱泳衣的小雪说：

“别管她们，大家都在记挂着钱包呢。”说罢，她猛地抱住对方的肩膀倒下了。

“还有烟花呢。”

河上游鸳鸯屋[1]的两个女人摇晃着身子，跳过岩石，偷偷来这座旅馆洗温泉澡。其后，男人们也跟着来了。阿泷甩下膝边的小雪，站起身来。

“畜生，看我如何收拾这两个女子！”

二

阿泷家的庭院有一片波斯菊花圃。园地里编结着竹篱笆，养着鸡。长长的花茎杂乱地倒伏下来，沾满泥土。房子独门独栋，位于从村里坟墓山上绵延而下的梯田。因此，有着充分的阳光和风。自后院一直遮蔽草屋屋顶的竹林时时摇荡着，就像一群游动的沙丁鱼。阿泷和她的母亲都不曾听到竹子窸窣的摩戛声。

阿泷自打十三四岁起，就能骑着裸马奔驰。她背着满满一筐鲜嫩的山葵，骑着裸马从山顶奔驰下来，宛若刮起一股绿色的晨风。

从十五六岁起，过年和夏季两个月，当旅馆缺乏人手的

1. 鸳鸯屋：原文为“暧昧宿”，即带有神秘色彩或供客人狎妓的旅馆。

时候，她总是前来帮忙。她在浴场光着身子时，泡澡的男客都立马寡言少语起来。优美而修长的手脚，已经有了少女风韵，丰满昳丽。她就是一块白铁。

阿泷的肚子和她母亲的肚子，表现了两个女子的各种特征。母亲胡乱伸展着胳膊腿地睡着了，在那脂肪堆积的肥硕的肚子前边，女儿一动不动地坐着观看，随后突然啪的一声将嘴里积攒的唾沫吐在上面，呼呼入睡了。打从她们被父亲遗弃，母亲的这个肚子就立即凸现在阿泷眼里。

她的父亲住在同村的国道线上，和小老婆一起生活。路上碰到父亲，他总是问：

“你老妈好吗？”

“她倒头就睡。”她说着，急匆匆离去。

十六岁的阿泷，驱使着马和母亲干农活儿。眼看到了插秧时节，母亲赶马耙地，横杠上只有稀稀落落几根耙齿。阿泷站在田畦望着，她突然哗啦啦跳进水田，照着母亲的脸打了几巴掌。

“傻瓜，木耙都漂起来了呀，看到没有？”

母亲紧握木耙的把手，跌跌撞撞地走着。阿泷用胳膊肘把她推到一旁，夺过耙来。

“好好看着我！”

母亲一只膝盖跪在泥田里，仰望着女儿。她对邻近水田里的人们说道：

“我呀，这回找了个可怕的丈夫。先前的丈夫倒是好得多。”说罢，像大姑娘一样羞红了面孔。

夜里睡觉时，阿泷背对着母亲，母亲把脸孔朝向她的脊背。

母亲扛着铁锹，跟在骑着裸马的女儿后面，一路小跑地回家了。洗衣煮饭，全由母亲一人承担。母亲越是被女儿残酷驱使，越发将丈夫忘记。而且，心跳也时常紊乱起来。她一想起丈夫，精神恍惚的时候，就遭到女儿的毒打。她哭泣时，女儿就跑出家门。

“等等，阿泷。穿着一双掉底儿的草鞋很难看呀。”母亲说着，紧跟上来。

紧接着，母亲急急下地了。随着母亲的目光变得像猫儿一般柔和，女儿的眼眸像黑黝黝的豉母虫，光闪闪地流动着。

阿泷穿着和服一来到旅馆的客厅，高大的体躯似乎压得客人喘不出气来。然而，她的水灵灵的媚眼，又使客人深感惊讶。

在旅馆里，十六岁那年岁暮，阿泷独自一人洗刷浴槽，这时，鸳鸯屋的女人们领来三个醉汉，从后门钻进来。

“是泷姑娘吗？让我们洗洗澡吧。那里没水啊。”

“都聚到热水池那边去了。”阿泷手里攥着刷帚，站在浴场一角，显得很拘谨。

浴场是位于地下的一座石窟，巨大的浴槽用木板隔成三个区域。第一区域满溢的热水流向第二区域，因此，水温一处比一处低。

鸳鸯屋的女子一边在热水池里哗啦哗啦洗去腥臭的白粉；一边高声议论阿泷的身体。而男人们暂时没有说话，只是一味陶醉于这位处女光裸的身子和动人的姿色。女人们使用露骨的语言，围绕阿泷到底是不是成熟的女人而争论不休。男人细细体味着她们的话语，在阿泷的裸体上寻找根据。阿泷凭借裸体感受到了男人们的眼神。女人们单膝跪在男人身后为他们搓背。其中一个女人说道：

"泷姑娘，你也来给剩下的一位搓搓背吧。"

阿泷仿佛吞下一块石子，走过去跪在男人背后。他们像是对面山上银矿的矿工头儿。阿泷抚摸着发出矿石气味的健壮的肩膀，手指不由颤抖起来。她蓦地合拢双膝，一股恶寒从脖子流贯全身。她连忙进入浴池。

两个女人怀着娼妓的恶意，颇为自豪地贱视这个毫无经验的良家女子，不断地用恶言恶语羞辱阿泷。阿泷一直吊起两眼，目光炯炯有神。

其中一个男子穿上棉袍，轻轻拍着阿泷的肩膀：

"姑娘，跟我玩玩吧。"

"嗯。"男子以为听到应和，随后一下子抱住她的香肩。

河面上温雪的夜空，又呼呼地刮起寒风。阿泷只穿一件法兰绒睡衣，刚刚洗过的双脚紧紧贴在冰冷的岩石上，脚心透着严寒，大腿也冻得僵硬了。

“畜生，畜生！”她奋力高叫。河对岸山间的杉树林里，已经飘起一派雪雾。

起初，阿泷用两手捂住脸孔，过一会儿，又把右手拇指含在嘴里，咬得咯咯作响。

站起来一看，留下牙痕的伤口，流出了鲜血。

她迅速将右手藏进怀里，神思恍惚地站立起来，正要哗啦一声打开相邻房间的隔扇——她知道隔壁三个女人和男客都极力屏住了呼吸。她只把手扶在隔扇上：

“畜生，畜生！”她在心里反复叫骂，对刚才那个男人瞧也不瞧，朝着后门通往鸳鸯屋的河岸小路出去了。

走了不到一百多米，就听到追她而来的两个男人激烈的脚步声。女人们在他们身后尖着嗓子大骂。阿泷胜利了！她突然像跌倒在河岸上，咕嘟咕嘟喝凉水，两眼随意看着光脚跑来的男人直喘白气，又继续喝水。

当晚，她回到自己家里，就像粗野的男人的动作，激烈地拥抱着母亲睡眠。

过了三四个月，已经是春季。一天晚上，阿泷从超越她身高两倍的山崖上跳下来，扭伤了脚脖子。住进镇上医院的第二天，她就流产了。十天后，她回到村里一看，父亲也回家了。她一脚踹倒母亲，又同父亲扭打了一阵子。

“真肮脏，趁着女儿不在家干坏事。这种不干不净的家里，谁愿意待下去！”当天，她就乘上公共汽车，再次回到镇上，在一家肉铺当女佣。

今年夏天，她利用肉铺的淡季，七月末又回到村里，在旅馆里帮忙。两年前发生了那件事，阿泷不由得很想对那家鸳鸯屋的女人嘲弄一番。

三

为了不使热气闷在屋里，浴场的后门和窗户无论冬夏都通宵地敞开着。

鸳鸯屋的女人领着客人，沿谷川河岸，从后门偷偷潜入温泉旅馆室内浴场，已经成为家常便饭。两年前的冬天也和现在一样。然而，对于阿泷来说，冬天的裸体和夏天的裸体就是不一样。

“怎么，你还把湿漉漉的烟花握在手里不放？”阿泷走在木板桥上，对小雪说，“咱俩去洗温泉浴，挫挫那些女人的锐气。那些女子和小雪比，真是天上地下。这可是真话，小雪。只要给那些男人露露小雪漂亮的脸蛋儿，那帮女子就会欲哭无泪。”

“影响生意就不好啦。”

“哟，到底是艺妓馆的小用人。这不同于男人的泳衣，对吧？不过，我一个人够了，你先回去睡觉吧。”

“房间里有鹤屋君呢。”

所谓“鹤屋君”，就是附近一带地区的日用品、化妆品批发商。月半和月末，每月两次巡回收取货款。他剃着寸头，两颊直到下巴颏留着络腮胡子，一副黄褐色的胖脸。每逢喝醉酒，就疯狂地用筷子敲打盘碗，吵闹不休，然后睡上两三个小时。一觉醒来，千方百计——花九牛二虎之力攀登晒台，就是一个例子——总之，他非得进入女佣的房间才能睡着觉。简直可以说是肆无忌惮地“硬闯”。十年如一日，一月两次，几近撒娇，拼命献殷勤。

但是，小雪还是个未谙世事的姑娘。

“那个醉汉，马上就会进入梦乡的呀。”即便阿泷那样劝她，还是不听。

“好的，我在‘川汤’等你。”

谷川水边，还有一处白木建造的简陋的浴场，就像防火的值班小屋，称为“川汤”。

阿泷从室内浴场后门顺着石阶跑下来，突然说了声：

“河水里好冷啊！”随后一下子跳进热水池里。鸳鸯屋的女人们躲避着飞溅的水花，对她打招呼：

“晚安！”

“晚安！”

阿泷将身子沉入水下，热水哗哗地溢了出来。

“我们借你家的温泉洗澡了。”

“是吗？还以为是我们的房客呢。”

两个客人都是学生模样儿。阿泷大胆地站在他们面前时，两人觉得似乎有一阵暖风威压般地吹过来。他们从水里出来，坐在浴槽的边缘上，低着头。

“本该先打个招呼才好，原以为已经歇业了呢。”

“没关系，我也打算向阿笑姐借样东西哩。”

表示要向阿泷打招呼的是一位名叫阿清的女子，有着黄瓜这一绰号的她瘦得像条黄瓜，稍稍弓着背，面色青黄，经常生病卧床不起，喜欢小孩子。她经常给附近人家看守幼童，领着三四个孩子去公共浴场洗澡，逗孩子玩看来是她的乐趣。而且只有阿清一人严格遵守同村里的约定——鸳鸯屋的女子不接待当地男人为客。不消说，尽管作为外来户，她既然在这个村子毁了身子，就要死在这个村子。她巴望她所疼爱的那群孩子，在自己的灵柩后面排成长长的队伍，为她送葬。此种愿望，每每成为她卧病时梦中描绘的幻景。

因此，对于阿泷来说，只要见到了阿清，就会迅疾感受着阿清身上冬日微弱阳光似的照耀，趁机会总要说上几句心里话。

不过，另一位女子却对阿泷瞧也不瞧，只打了声招呼

“晚安”，就像睡着了一样，沉默不语。浓黑的睫毛阴影遮挡着眼睛，桃割发型[1]，像涂着又黏又湿的发油，厚厚的朝一侧歪斜着。肌肤白皙的蟠桃脸，笼罩在一片模糊的迂执的睡相之中。其中，唯有那明显的干瘪的嘴唇和长长的睫毛，颇为鲜明地悄然而立，仿佛是另外一种生物。眉毛像原有的胎毛，乱蓬蓬的。耳朵、脖颈、手指，不论哪里，都显得十分柔软，只要看一眼，就很想张嘴咬她一口。阿泷立马认为她就是阿笑。

说起阿笑，这个村子里十多个酒馆女招待里，唯有她最伤风化。当地派出所警察多次命令她离开这个村子，理由是村议会议员的儿子等人同她频繁往来。说她是天生的娼妓，一点儿也不过分。

尽管阿泷威严的目光一直瞪着阿笑，但阿笑似乎依旧一副陶醉于欢爱中的朦胧的表情，从热水池里出来，坐在边缘。水淋淋的鼻涕虫般洁白如玉的肌肤，看不出骨头长在哪里。全身浑圆柔嫩，没有一点儿瑕癖。好似野兽，用蜗牛般自由伸缩的肥肉爬来爬去。阿泷心里突然袭来一股男人的欲望，真想在那洁白的肚皮上踹上几脚。她把手猛地伸向阿笑的膝盖。

---

1. 桃割发型：十六七岁少女发型之一。将头发左右分开，于后脑上部结成两个圆环发髻。

“借我一下手帕。”

阿笑像鼻涕虫一般蓦地缩紧着身子，用胸脯遮挡小腹。一旦失去手帕的掩蔽，发现她那洁白的皮肤上悄然露出一小片伤痕。

阿笑的耳根通红、亮丽，那红色自乳房扩展到腹部，一片浑红。阿泷眼瞅着她那一身不像一般人具有的美丽的血色，既满心嫉妒，又忍不住通体舒畅。

“我不会再随意借你的手帕了，已经染上毒了吧。”

过了一会儿，阿泷盯视着河畔温泉说道：

“小雪，那儿有两个又英俊又老实的学生哥儿，咱们到瀑布那边玩玩吧。”

小雪在浴池边缘的水泥地上两臂围成圆圈，从热水里抬起的面颊，紧贴着两臂。

“哎呀，在睡觉啊，对了，你呀，要多多保重。”

阿泷回到旅馆，是在天亮时树干和河水泛白的时候。小雪依旧睡在河畔温泉，紧紧拢抱着两臂。她仿佛坚守着自己的贞操和道德。

四

小雪像小鸡爱惜屁股后的蛋壳一般爱惜她的《修身教科书》[1]的壳子，那壳子又像蛇体的蜕皮可恶地贴附于她的身上。

正因在城市海滨的温泉街艺妓馆做过活儿，尽管同样梳着桃割发型，但脖根上的发际界线分明，十分性感。是个雏妓的早熟和大海女儿的健康相汇合的小姑娘。红苹果似的面颊，鲜明的双眼皮下一双又大又圆的眸子，挑逗般地闪动着。使得山间"山乡宝贝"这个很少使用的古老的词语，谁听了都觉得很新鲜。

因此，在这温泉旅馆，各种男人都半真半假地想和她亲热，她也半真半假地巧而应对之。对于这类事，她不像别的女人那样到处吹嘘。于是，一个学生对她说：

"小雪，看你年纪轻轻，倒是很老成啊。"他一旦说走了嘴，她便勃然变色，说道：

"胡说！不过是个书生，神气什么？你以为我在艺妓馆待过就……"她扔掉饭盘子，愤然而去。那个学生住了一个多月，她再没有跟他说过一句话。

1.《修身教科书》：旧制小学与初中教科书之一，根据《教育敕语》（1890年明治天皇直接向国民颁发的道德教育训令），对学生实施道德教育。

然而，例如她和阿芳两人，当轮到她们打扫浴场时，她故意打瞌睡。当阿芳用刷帚敲醒了她，她就说：

“你的面孔看来有三种。怎么，我为何就不能先睡呢？给你焐被窝不好吗？”

就这样，小雪也像个窑姐儿，受到全体女人的关爱，始终是一副明朗的表情。

“咦，好漂亮的围裙啊！”一次，一个女客瞧着小雪惊奇地说。

不知小雪何时何处搜集这么多五颜六色的小布片，一律剪成三角形，缝合起来，做成一件漂亮的围裙。

她初来这家旅馆是夏末，旅馆正值为客人缝制新棉袍的时节。在即将完成二十件棉袍时，小雪又缝制了一件同样花色的男孩儿穿的夹袄。她是将剩下的布片缝合在一起了。她说是送给弟弟的。

旅馆的老板娘对小雪又惊讶又夸赞地说了一通。老板听了，说道：

“对她不可太大意了，当心那个小丫头。”

小雪还捡拾客人扔下的纸烟头，掐掉过滤嘴儿放着，等到积攒了好多，取出其中的烟丝，用报纸包好，寄给家住港町的爷爷。

说起纸烟头，旅馆的老婆子，长年累月，亲手将烟灰缸和火铲子里的烟头捡拾起来，一一掐掉嘴儿，放在大纸箱存放着。村里老人来时，老婆子就拿出来给他们。老人们一边抽烟袋，一边唠家常。有的老爷子就是冲着这些烟丝来的。

不过，老婆子这个古老的爱好，却因为小雪而戛然停止了。

小雪的母亲——港町陪酒女出身的继母，每隔五六天，就浓妆艳抹一番，领着小雪的弟弟前来旅馆露面。她到处讨好旅馆的人们，偷偷地向小雪要钱。

小雪的父亲作为每日雇工前来打杂。他住在邻村农民家的库房里，铺着古旧的榻榻米。故乡的港町是海港，位于从海边的温泉街通往另一条温泉街汽车路的半道上。爷爷一个人留在家里，等着孙女送烟丝和腌山葵来。

公共汽车绕过稍高的地岬，眼前突然出现一片温润的颜色。海岸上连续不断的山茶花开得正旺，山上的柑橘着色了。连接两者之间的大道径直通往下边的港湾。海港里有三四十艘渔船，排列得整整齐齐。透过树林，可以窥见高大的瓦屋屋顶和仓库的白墙。街道风景美丽，很难相信小雪一家贫苦百姓能住在那里，而且还是不收町费的模范村。

在那条街上，小雪的母亲生她弟弟的时候，得了产后热，命暂时保住了，但发疯了。白天，父亲和爷爷出外打工不在家，小雪瞅准母亲发病的间隙，悄悄把婴儿抱在母亲乳下。早上，父亲临出门时，将母亲的胳膊腿绑紧再走，小雪总是将那稻草绳子解开来。母亲四十天后就死了。

小雪十岁，上普通小学三年级。她每天驮着婴儿上学，父亲爷爷的吃喝穿戴也都由她照料。她捡到一只野狗喂养，这是她唯一的奢侈。小雪半夜外出寻求喂奶人家，小狗忠实地跟在少女身后。

“我不愿跟小保姆坐在一起。”小雪身边的孩子在教室里当场哭起来。每当背后的婴儿啼哭，小雪就得离开教室。利用课间十分钟休息时间，她还要外出换尿布，求人喂奶。

尽管如此，小雪以考试成绩第一名升入四年级，轰动全校。升学典礼上，她依旧驮着婴儿，走到校长面前领奖。同学们的家长看到后都哭了。小雪还听说校长要拜托县厅奖励她。不过，孩子们——一些坏心眼的孩子，存心欺负一个弱女子，这是最难对付的事。小雪从四年级暑假开始就退学了。

总之，小雪亲手将婴儿养到三岁。继母进门了。但是，洗涮烹饪，一切不变，仍由小雪一人承担。下田薅草时，小雪背后驮着小孩，继母揪住她的头发，在泥田里打转转。这种场面，附近的人每天都能看到。

“这个，这个，这个，还有这个，都是那时候留下的伤痕。”小雪曾泡在温泉旅馆的热水里，手指点着自己的臂膀和前胸给人看。这些举动，简直就像一种巧妙的诱惑——当着男人的面，展示自己脱光的身子。如今，她谈起那些往事，有说有笑，既风流又浪荡。

可在那时候，因为太可怜了，温泉町的伯母将她领了回去。在小学校长的反复督促下，县厅下达了表彰通知。然而，那时小雪已经进入镇子上的艺妓馆，父亲也到山里干活儿去了。

伯母的家，楼下是纸花店，楼上是艺妓馆。

“说是艺妓馆，而我只是扎扎纸花，看看孩子罢了。”她在温泉旅馆所说的话，听起来，仿佛一贯遵循《修身教科书》，这完全是谎言。其实，她是随处替别人拿三味线和换洗衣服的艺妓见习生。

为此，县厅的表彰不了了之。她的脸颊逐渐有了颜色，一双圆圆的眼眸不再忧戚无神，经常跑到客人身旁畅所欲言，眉飞色舞。她的脖颈逐渐显露白皙的情色，内里点燃了温暖的火焰。

然而，当她意识到自己也许会被强行拉客的时候，立即离开了伯母家。当时，或许她还没忘记“可能受表彰”那档子事。

小雪来到父亲打工的地方，继母一反常态，对她亲热起来。

“我不管去哪里，都能一个人混饱肚子。谁愿意待在这种令人郁闷的家庭之中？”

这是小雪在艺妓馆树立起来的自信，她自己纵然没有意识到，但从她认真回看继母面孔的眼神里，不能不流露出这番信念。继母碰了钉子，只好让她一步。小雪凭借这把新式武器壮了胆，她开始蔑视人生了。从她的身份来说，是向娼妓跨进了一步。

然而，少女的“人生蔑视”，其结局与“玉舆之梦”[1]无异。在这个世上，她一心想着向上爬，向上爬，怀着一份自己总能中选的自豪，不惜耍弄小聪明，变得越发轻狂起来。

回头再说阿泷，她对睡在河畔浴场的小雪说道：

“对了，你呀，要多多保重。”这么一说，为她增加了可喜的身价，促使她越发珍重自己的身子，这“身价”和“修身教科书”合二为一的危险，就是她的可憎的魅力。

对于前来旅馆的继母的一番亲热，小雪同样巧妙地回赠她一番亲热。等继母进入浴场洗澡，她便蹑手蹑脚跟过去瞅瞅，然后对老板娘说：

“老板娘，别相信那个女人的话，她照旧打我弟弟。弟弟身上青一块紫一块，有五六处之多呢。”

从男客的甜言蜜语里，十六岁的小雪也能清晰地窥见那一道道蚯蚓般紫红的伤痕。

---

1. 玉舆之梦：意即贫贱女子，婚后立即身价显赫。传说江户时代，有名阿玉者，原为菜店之女，后嫁给三代将军德川家光为侧室，生五代将军纲吉。纲吉成为将军后，其母官位升至从一位（女官最高位）。此乃俗说，未必可信。

五

二百十日[1]，是可以看到烧炭炊烟的晴天。红蜻蜓飞满谷川河面。

没想到二百十三日一场风暴，使得电灯一开就灭了。女人们趁着天亮，关上挡雨窗，一同睡在女佣房间里。这时，旅馆掌柜披着雨衣，手捧烛台走来。阿泷接过烛台，对正在透过挡雨板孔眼朝外窥视的阿时说道：

“小时，你用不着三番五次瞅着外面，你该明白，这么大的雨根本不可能回家。赶快捧着烛台到二十六号去吧。”

大家听了一起拍手。阿时接过烛台，噗地一口吹灭烛火，坐在原地纹丝不动。

她们本来是七人，从九月二日起减为四人。只在夏季前来帮忙的姑娘们，全都回家了。其中一个是旅馆老板的侄女近视眼高子，她刚从女校毕业，正准备投考助产士学校。另外一位名叫阿谷，她从十四岁到十七岁一直在这家旅馆当女佣，因离家很近，所以旅馆一旦有事，她就立即被喊来帮忙。阿谷品行端正，熟悉旅馆杂务，很讨老婆子喜欢，听说她用

1. 二百十日：立春后第二百一十日，稻子扬花时节，据说这天常刮台风，故被农家看作“厄日”（灾害之日）。

旅馆的收入备齐了结婚的嫁妆。还有一个就是农家女儿阿时。阿时今天一早来玩，不巧碰上了这场暴风雨。

大石头咕噜咕噜被冲走的响声，在她们枕畔轰鸣。深更半夜，阿时嘎啦嘎啦打开女佣房间的栅栏门出去了。走廊里听到擦火柴的声音。

“哇，万岁！”小雪爆炸似的大喊一声，猛地一转身滚过阿芳的肚子，紧紧抱住墙根边的阿绢。

“我好痒痒啊，小矮子。都是些骗子吗？人真坏！”

“我懂得她的心思，才叫阿时睡在门口的。”阿芳说罢，小雪晃动着单腿竖立的膝盖，继续笑着说：

“所以说嘛，她那么纯真，实在可怜啊。”

“当地人嘛，小雪，你可要保密啊，否则会影响人家出嫁。”阿绢煞有介事地说。阿泷趁势顶了她一句：

“那又怎么样？也不会影响当老百姓，不像你拿那么多钱。单凭这一点，就比你强！”

“我？我什么时候拿钱啦？”阿绢说罢，摸黑爬过来，一把揪住阿泷。阿泷立马将她的两手拧在一起，说道：

“哼，所以你就迷上了那个人，是吗？”说着，将阿绢撞倒在地。

“有人在害单相思呢，凉透了的热酒，还是不喝为好。”

阿绢曾在东京艺妓町的梳头店做佣工。她想来旅馆干活儿攒一笔钱，再度回到艺妓町的梳头店，做梳头师傅的私家弟子。这就是她常常挂在嘴边的口头禅。她的头发打扮成艺妓发型，一旦被客人们认可，就高兴地大吹一通。她肌肤黝黑，身个儿矮小。大凡有年轻的城里人男客举办筵席，她总是想抢在别人头里，争取第一个出席。

这年夏天，有个神经衰弱的学生只待了半个月时光就回去了。不管受到账房的斥骂还是嘲笑，她一直泡在人家的房间里不肯离开。

这个阿绢还有阿时，关于女人们同客人们之间的秘事，在每日宾客盈门的整个夏季，只有这两桩。虽然在女人们中间，她们两人算不上美丽。

阿时所钟情的那个男子，是巡回于各家旅馆描绘隔扇的江湖画家。阿时本是一个双眼凹陷、表情迟钝的乡下姑娘，但在浴场内，肌肤白净，仿佛换了一个人，显得格外美丽。

暴风雨翌日，晒台上满是青绿的落叶，河畔温泉的浴槽埋没在土沙之中。河岸边，通红的泥水，蜿蜒流过岩石表面，一群孩子并排站在一起，各自手拿小网，捞取被激流冲昏了的小鱼。一对江湖艺人母子，眼看着这一切。

两头跨越岩石与岩石之间的板桥，桥板一块不剩地全被水冲垮了。当然，桥板一端都打了眼儿，穿了铁丝，联结在岸上，所以都被冲到岸边去了。

即便河水下落之后，也看不到一个诱钓[1]香鱼的人。女人们集中于测量师的房间内嬉戏，江湖画师专找没有客人入住的房间为隔扇作画。

那个寂寥的季节，村子里反而吵吵嚷嚷地热闹起来。听到人们高声谈话。

集中于本村头号温泉旅馆做女佣的乡间女儿相约一起休假了，村民们只好聚在阿泷她们所在的村中二号温泉旅馆，将头号温泉旅馆老板的往事，添油加醋地抖搂出来。

“那家伙将采矿师采来的矿石，凡是含金量很高的，都偷偷换为自己所有，为此不是被人告了一状吗？”

“是啊是啊，那场官司不知怎么样啦。听说采矿师被炒了鱿鱼。那家伙却拿到了好几万现金。”

“那种骗术，真不知玩过多少回呢。呶，上次狩鹿，大臣和高级军人在那里住了好一阵子。他叫那些人挥毫题字。老爷子自己本来写得一笔好字，他用自己的字顶替那些人的笔墨，制造一二十枚假货，随手卖掉了。他说那些都是达官贵人入住时留下的墨宝，有谁不相信呢？据说他由此发了一笔横财。这类山间温泉旅馆，若只是守着本分规规矩矩经营下

---

1. 诱钓：原文为“友钓”，将一条鱼联结于钓针之上，置于水中令其游动，借此引诱其他鱼儿入网上钩。

去，又哪能那样赚大钱呢？这家温泉旅馆就是很好的证据。”

大家借着酒劲儿，说道：

“干脆把那家的温泉堵死算啦！”

“等会儿就去推倒那里的房舍，将那家伙活埋在河滩上！”

他们的意思是，将山间小路扩建为公路，最能受益的是温泉旅馆。尽管如此，村中第一号旅馆，却断然拒绝支付应该分担的建设费。

十名警察住进那家旅馆，每日拉大弓，当他们还没有闹腾够之前，村中一直是平静的。

阿泷摸黑将走廊上的挡雨窗关紧，“哎呀”一声跳了起来。她踩到一片大梧桐叶子上了。

她不知为何，不愿回镇里的肉铺。

老板娘挺着七个月的大肚子，艰难地打扫厕所——只有这项活计不让女佣插手。她那副姿影，看了总觉得有些不忍。

一个赌徒装扮的汉子住进旅馆，他每天为河上空房子的修缮做监工。

一伙朝鲜土木建筑工人移住进来了。

“喂，喂，他们带着锅碗瓢勺住进来啦。”阿绢跑来女佣房间说道。

身穿皱巴巴的白裤子，脚上套着布鞋的朝鲜妇女，背着一大包日常生活用具，弓着腰走路。

河下游传来了火药爆炸的声响。

河上游古老的空房子，改建为小巧别致的妓馆了。令她们大吃一惊的是，阿绢迁往那里了。女人们也都被那个赌徒打扮的汉子死盯过，想起当时颇为诱人的那笔大钱，她们又污言秽语地骂起阿绢来了。

B 秋深

一

房间里有夏季客人遗忘的十四五把扇子，她们将这些扇子拾掇在一起。

小雪有两把男人用的扇子，她用两手“啪啦”打开来，学着跳舞的艺妓，一本正经地抿着嘴巴跳起舞来了。

“可不是嘛，要不是到这儿来，小雪早就成为艺妓啦。”仓吉背靠涂漆的旧式衣橱，单腿抱膝地说道。

“那样，我就看不到小雪跳舞了。”

“我不会去当艺妓，那时我只是普通的小保姆啊。”小雪一副唱歌的语调。就连仓吉也用眼睛追索着小雪的动作，啪嗒啪嗒拍着光腿打拍子。接着，这回由她合着他的凌乱的节拍跳舞了。她的小腿肚发热了，眼看着裙裾也乱飘起来。她摇摇晃晃想要转身，却早已坐到一叠堆得很高的坐垫上，背靠着后面的衣橱。

“阿仓，我们就唱着《法界小调》[1]，走江湖卖艺吧，怎么样？”

“什么《法界小调》，你可真是……”

“怎么不能？”小雪说罢，将右手的扇子扔到仓吉的肩膀上。

“我呀，不愿当艺妓才逃出来的。”

言外之意——“谁会把你这个流浪汉放在眼里？”她即使蔑视别人，目光也满带狐媚。小雪又用扇子遮着面颜开始跳舞了。仓吉微微笑着，捡起小雪扔过来的扇子拍着大腿。他就像一个四十岁的胖妇人，赤裸着一副肥白的大腿，还有那厚厚的嘴唇，通红的面颊。印着旅馆字号的便服很不合体，但看起来浑身劲健有力，就像一头蠢笨的野兽。

打三四年前开始，每逢夏冬两季，温泉浴场繁忙的季节，仓吉不知从哪儿飘然而至。他回到这家旅馆，简直就像回到自己家里。那会儿，正是宾客盈门的时节，哪里繁忙他就出现在哪里。旅馆因为人手不足，就叫他去厨房做饭做菜，还让他负责迎送客人。他就这样留在了旅馆里。所以，一到那个时候，旅馆的人就不由念叨起来：“今年，阿仓也

1.《法界小调》：又称《长崎小调》，十九世纪末流行于长崎一带的乡间俚曲，后传播至日本全土。

快来了吧？”

那年繁忙的夏季，旅馆老板的远房亲戚加代姑娘前来帮忙。打入秋第一天开始，空闲的屋子已经多了起来，每天晚上，仓吉都要和加代一起转悠着到处关闭挡雨窗。半夜里，两人曾经去过河畔温泉。

就这样，他即使被旅馆赶走，过年时只要若无其事地跑回来，人们无意间又会派他干这干那。

谁知，隔了三个月之后，春天里，他给十六岁的少女小雪写了封信，是从镇上寿司店寄来的。信中像气象预报员一样，述说了他从那里的女人身上染病后的模样儿。

不久到了夏天，他又回到她们的旅馆。秋天，他只跟小雪一块儿走动，帮她关挡雨窗，冲洗浴室，整理客人床铺。此外，还充当她在艺妓馆学会的舞蹈的观众。

然而，阿泷却一头闯进舞场。

“喂，小雪，你当心脚底下！别跳坏了榻榻米，已经有点儿破啦。”

“说什么呀，阿仓说了，他想多吸点儿灰尘，尝尝都市的味道。”

“是啊，是啊。我讨厌那些坐着不动的学生，使唤别人打扫房间，自己只顾盯着看。你要是叫他走开，他就会说，有时吸点儿尘埃也好啊。山里的空气太洁净了，这才是都市的味道。这时，小雪正巧走来擦洗走廊。这个坏姑娘说得好啊，她问，那这桶里的脏水是什么味道？不过，阿仓，我看你美滋滋地一直盯着小雪，你到底尝到了什么味道呢？”

“这个人啊，他想用这个手法讨人欢心，真傻。”小雪说着，又把剩下的扇子突然甩到仓吉的膝盖上。

“这期间，他说过十五遍了，小雪是会跳舞的。”

“我说小雪，女人头一个就被这种人盯上了，那可是一生的耻辱。你让他等到第十五个吧。”

仓吉依旧是一副似笑非笑的样子，站了起来。

“喂，老板娘叫你打扫晒台呢。”

“晒台？”小雪打开障子瞅了瞅，“哎呀哎呀，好多树叶。”

晒台上黄澄澄的，不，是满地绿叶啊。原来昨夜也刮了一场秋风。

晒台就在她们房间窗户的外边。

她们屋子里的大衣橱，黑漆里闪现出硕大的桐木家徽纹章，壶把形的圆环手把已经锈迹斑斑。过去的农家用具，也用来放置洗过的衣物以及客人的夏装和床单。十铺席房子的各个角落，堆放着房客的被褥和坐垫等物。女人们的包袱连同布片和空盒子一块儿塞满了抽屉。破旧的镜台、香皂盒子做的化妆盒、古老的三味线、破阳伞……衣橱上面以及钉在墙壁上的棚架里满登登的东西，一概找不到主儿。如今开始缝制冬季的棉袍了，线头儿和奶糖纸撒满古旧的榻榻米，地上的剪子闪着光亮。

扫罢落叶，她们从晒台跳进房间，厨师吾八盘腿坐在那里，用右手一张一张翻看左手拿的彩色纸牌。

“那东西，谁还顾得到啊，忙着呢。”阿泷说着坐下来，拾起缝衣针。

“不，我闲下来了。”

“你的店眼看就要开张了吧？”

“不。那件事儿我没弄好，失败啦！”

“失败啦？所以你被赶出来了？”

“那倒不是，我已经不愿再干了。我本不愿再提，就是这个。”

吾八说罢，从围兜里扔过来一样东西，阿泷拾了起来。

“这是什么？这不是鲣鱼干的尾巴部分吗？[1]”

“是的啊，今早打开行李看到的。看样子，新的鱼干被人调换了。”

“你的意思是，有人在鱼干上干了坏事，对吗？嗯，我懂了。是阿芳那个畜生。那婆子有这个毛病，经常打开别人的

---

1. 削制鲣鱼干，接近尾巴之处，既难削质量亦欠佳，远逊于鱼身。

行李偷看。”

“阿芳看到，就拿给老婆子了。据阿芳说，老婆子当时也在削鲣鱼，她看到后顺手将鱼尾交给阿芳，吩咐说：‘把这个拿去换新的来。’我知道这件事，再也忍不住啦。”

“不就是一条鱼吗？”小雪从后头将两手搭在吾八的肩膀上。

“账房和阿芳都瞒着我不说。”

“这件事真无聊，他们不说，吾八君你也装作不知道算了。唉，真可气。”小雪摇摇吾八的肩膀，“你这么小心眼儿，在世上还能混下去吗？”

“她算什么，小矮子！吾八君不可能咽下这口气。”阿泷说罢，走出屋子。她到厨房抓住阿芳的前胸，刺溜溜拖到廊下，来到吾八面前：

“给你！”说罢一把推给了他。阿泷看到吾八犯起犹豫，又把阿芳拽到玄关，两手扼住她的脖子，使劲按在地上。

“畜生，畜生！你给我滚出去！”阿泷光脚套着白布袜子，狠狠踩在阿芳的肚子上。阿芳只是转个身子，没有吭声。

“唉！”仓吉猛地朝阿泷推了一把，阿泷摇晃着身子，倒在大木屐柜上。

“你想干什么？你们结成一伙，想夺走吾八君的饭碗吗？”阿泷骂道。

接着，她盯着仓吉的脸瞧了一会儿，骂了声“畜生”，低着头猛地撞过去，瞅准仓吉的胸脯咬住不放。

二

日本建筑工进来比朝鲜建筑工晚一周光景，监工租住在女人们宿舍外的厢房内。

专门招待镇上大兵的两个女子，也进入了邻近的鸳鸯屋。同时，阿笑被提拔到了河上游的新馆，她的身价陡升三倍，而阿清不到五天又卧床不起了。

阿清的病很快被村里人觉察到了。打从这年夏天开始，她就天天背着鸳鸯屋吃奶的幼儿，领着四岁女孩儿的小手，从河谷登上国道一侧的村庄。她在走向国道的路上，总有三四个幼儿一同抓住她的衣裾走路。阿清手里领着孩子，一张白皙的鹅蛋脸，清爽的银杏髻[1]。她那孤单温柔的身影，总是引得路人首先跟她打招呼。即使经常病卧不起，或许正是这个缘故，她的头发总是整整齐齐，没有一根乱丝。她胆小怕事，沉默寡言，可孩子们都很喜欢她。人们觉得奇怪，她

1. 银杏髻：将头发分成两半，于左右绾成螺旋状的发型，多见于中年妇女。

和孩子都说了些什么呢？

正因为有这些孩子——鸳鸯屋的孩子都不愿离开她的枕畔，所以，即便她卧病不起，也还没有被赶走了事。但由于长年生活习惯，一旦男人们蜂拥而至，阿清就吵闹不休，老是安不下心来。

“没等修好公路，也许自己早被杀了。”她虽然这么想，却像过节前马戏团的姑娘一般，一副生气勃勃的样子。但另一方面，她又不时习惯性地幻想着自己的葬礼——她一手抚养长大的孩子们，在她灵柩后面排成长长的队伍，登上山间墓地。

在这座山间温泉“定居”的阿清和河上游新馆的老板，形成微妙的对照。他似乎辗转于有土木建筑工程的各个地方，每到一地就在那里经营皮肉生意，当温泉旅馆的住客还穿夏衣时，他就穿上棉袍了。

村里的姑娘见到他就像遇到以往的“人贩子”，尽量躲避他。

建筑工们只能越过庭院的树木远望温泉旅馆的二楼。这里实在太高雅太尊贵了。

江湖画师绘制隔扇全部完工之后，乘上马车翻山而去。他似乎是瞒着阿时走的。他对送他到马车店的阿泷等人笑着说：

“你们转告阿时，她要想见我，就把所有的隔扇通通捣毁吧。”

她们回到旅馆，似乎把江湖画师和阿时的事早已忘到了脑后，没有客人的季节，女人们只好守在自己的卧室里缝制冬天的棉袍。她们把丢弃在客房里的旧杂志搜罗起来，但也没人阅读。各人都在无端地考虑着故乡和婚事，在周六至周日观赏红叶的团体到来之前，她们不会注意山间的秋色。

吾八走后四天，女人们已经不再谈论他了。

村里鱼店的老板曾经因为吾八特地来道歉。

“我没有说过‘你给我滚’这句话……”老板娘吞吞吐吐地说，“不过，那人也太散漫了，别人正忙得晕头转向，他却泡在客房里不动。他经常不在，有急事也找不到他。长此以往，彼此也就不再客气了……”

倒也是，吾八在这家旅馆一待八年，快要五十岁了。前半辈子，凭着一把菜刀，走遍沿海各个城镇。其间，削掉了左手中指指甲的前半截，似乎娶过两三次老婆。说“似乎”，是因为这家温泉旅馆使他忘记了过去。就是说，他在这里时从来没有说起过过去。他不是隐瞒，而是对回忆失掉了兴趣。

他过去流浪于沿海各地，不用说，也曾有过使枪弄棒的日子。但是，打从来到这个山乡，娶了有孩子的女人为妻，而且他很爱这个孩子，不知不觉他就立下志愿，决心待在这里度过余生。

阿清一心想着自己的葬礼，吾八只希望开个小饭馆。他只想着死前能够实现这种愚钝的愿望就行了。然而到头来，他还是安心地待在这家旅馆里了。所以，他经常外出挖山药，钓鱼，随时回到邻村的自己家里。可以说，这就是老后自取其乐的一种奉公态度。当年他那一股子锐气，如今仅仅化作旅馆中一名早起者罢了。

他一年到头，身穿白布衬衫、印着旅馆字号的便服、细筒裤。此外，不再需要其他正式的服装。他依旧保有年轻时军旅生活养成的挺拔的身姿，仿佛一具通体涂着柿液的赭黄色稻草人。晚饭喝上两杯酒，就跑到熟人的客房里闲聊，不到十分钟就打起瞌睡来了。

就是这么一个人，为着一条鲣鱼干待不下去了。

广阔的铺着地板的厨房里，仓吉一个人操劳不休。之所以这样说，是因为他也有吾八那般骨节粗壮的会干活的双手。有段时间，女佣们瞧不起他，没有主动接近，没多久，她们就都紧跟在他身后，讨得一些切剩下的碎生鱼片吃。

每逢团体游客离店的早上，她们都把剩在饭盘里的生鸡蛋，藏在客房的橱柜里，趁着打扫走廊的时候，用那里的铁壶煮了吃。

还有，她们一旦喜欢上长住的客人，就把客人饭盘里的剩菜倒到自己饭盘里享用。但这只限于“男人”的饭盘，而对于“女人”的饭盘，或许出于本能，连瞧也不瞧一眼。

“我知道那人没病，也不脏。”她们中的一个人，一边说一边动起了筷子。

她们似乎要将这种富有女人特征的家庭生活中的表现，一直贯彻到底。一个男人剩余之物，她们中只有一个女人接着吃完。不知何时，这成了她们一项不成文的规定。这种事儿是她们的秘密，绝不会泄露给客人。不过，在进餐时表现有些轻佻的，依旧是那个阿绢。阿绢转到河上游那家旅馆之后，那就是小雪了。

然而，最先向监工的饭盘里伸手的，却是很少干这类事的阿泷。这就等于是自我坦白："我可以成为他的女人。"

三

早晨打扫庭院，她们也不得不体验一下秋深的寒凉。个头矮小的小雪手拿一把高大的竹扫帚，那姿态十分天真，就像一位大小姐。

小雪拖着那把堪称装饰的大扫帚，朝着朝鲜妇女说话的方向走去。那些人集体租住了旅馆门前的一所空房子。那是一家农户，没有一道隔扇和障子。正当温泉旅馆打扫庭院的时候，那里的女子身穿鼓胀的白色“契玛”[1]，围在井畔洗涮早饭后的餐具。正向那里眺望的小雪，猛一回头，透过古老的罗汉松空隙，远望旅馆厢房的大门。望着望着，啪嗒一声将扫帚靠在罗汉松的树干上，倏忽闪开了身子。

原来阿泷正蹲在厢房的玄关，为监工裹黄色的绑腿带子。她那白皙的脖颈和桃割发型，依偎着坐在玄关里的监工膝头，宛若一件可怜的被遗忘的招领失物。

“阿泷她……”

阿泷到底怎么样，小雪虽然含含糊糊说不清楚，但是，她……

“那个阿泷……”小雪的双颊冷冰冰的，她恍恍惚惚向着里院走去。

小雪的两肘支在小桥的栏杆上，来回甩动着一只脚。早晨的阳光一直照射到小河浅浅的水底。她扑簌扑簌流下泪来。小雪心中不由涌起对阿泷的难以形容的情爱。

提起女人们的铺盖，被子褥子没有区别，被子也像硬挺挺的褥子一样。阿泷从抽屉里把脏污的被褥拿出来，突

---

1. 契玛：韩语音译，朝鲜女子的裙子。

然说道：

“今天我又去看炸山了，一声巨响，岩石崩塌，那时的心情真痛快啊！”

小雪“噗哧”笑了，身子连同又冷又硬的被子向地面上倒去：“不闻一闻硝烟的气味，你就睡不着觉了啊。”

她说罢，双手捂脸，突然趴在地上，一个劲儿傻笑不止。

“哎！”阿泷挺胸站立，对着小雪的脊背“咚咚”踹了两脚，“是啊，那又怎么样呢？”

小雪似乎不在乎挨踹，还是晃动着肩膀笑个不停。

“来，快去打扫浴室。阿泷，你还有活儿哪。不抓紧点儿干，又要熬红眼睛了。”阿芳说着三两下就铺好了床铺。

此刻，正是她们用细腰带将睡衣束在腰间，下楼去刷洗浴场的时间。

“好吧，我来干，你们快睡吧。”阿泷说罢，一个人出去了，哗啦哗啦，她动作麻利地关上了女佣房间的木栅门。

阿芳和阿吉立马就睡了。浴场里响起水声。于是，小雪双手笼在浴衣袖筒里，冷颤颤地下楼去浴场了。最近的她，就像孩子一般紧跟在阿泷的身后边。

河滩上有人呼喊：

“阿泷！阿泷！”拉开障子一看，是阿绢一个人孤零零站在那里。阿泷走到晒台上。

“什么事？”

“早上好！”

“进来吧。”

“嗯，不过……”阿绢走到晒台旁扬着头问：

“大家都好吧？”

“客气什么呀，这里可没有什么上等人物啊。”

“我呀，有件事儿想托你。”

“进来说吧。”

“我呀，”她微微歪着脑袋，手里揉搓着披肩，“我借给了工人一点儿钱。”

“哦。”

“要不回来了。”

“那好啊，谁没钱你就白给谁好啦。”

“那不行。”

“听说你那一家的宿费最贵。”

“那是两回事。说起这个嘛，我们老板很严格，不先付钱就不给踏进门槛。”

“还说什么呀。你回去快点儿为我发广告，就说凡是没钱的都去找阿泷。”

“我把老本钱都借出去了。”

“老本钱？”

“是的，我要是一直待在这里，是攒不了多少钱的，所以我才去了那一家。不过，我也不打算长期这样下去。来年无论如何，我都要到东京学梳头，为了补足费用，我才把钱借给工人们的。”

“嗨，好奇怪呀。他们借你的钱，又用到手的钱买你。这钱有利息吗？”

“因为不还钱的很多，所以我才来找你。希望托托监工，叫他给工人们说说还钱。或者从工钱里扣……”

“什么？瞧你说的，真是本性难移啊。”阿泷从晒台上纵身跃入房间，哗啦关上障子门，放声大笑起来。她很久不曾这般狂笑了。

这实在是少有的一次狂笑。这阵子，阿泷很少狂笑，正是因为睡眠不足。她每天晚上从厢房光着脚通过冰冷的长廊走回来。白天眼里布满血丝，反而忙不停地干活儿，就像一头发狂的野兽。

她即便悄悄通过走廊归来，也不可能沉静地打开女人们的房间。

“泷姐！”小雪娇滴滴地喊了一声，阿泷不由一惊，立即伫立不动了。

“泷姐。”

阿泷沉默不语，脱去浴衣外头的羽织褂。

“泷姐。大家都睡下了，我把你的卧床给弄暖和了。刚才的鱼汤都结冰了呀。”

“是吗，谢谢。”阿泷突然将冻僵的手插入小雪的胸脯。

“你好寂寞吧！”

这样的夜晚持续了些时候，小雪终于在仓吉的屋子里被老板娘摇醒。

她飞身而起，坐正了身子，双手拄着地面，恭恭敬敬行礼。

“实在对不起。”

小雪揉着眼睛，立即跑回她们的房间。

“过来。”阿泷说着，从床铺上坐起来，一把将小雪搂在膝盖上。

“小雪，你本该更聪明些，不是吗？你可要自重，保护自己啊。你自己不是也想出人头地吗？那个仓吉是个畜生。雪妹，你可不能死盯着仓吉那样一个男人不放，赶快再去找别的人吧。不管谁都可以。我说的可是真心话。要是单单迷上一个男人，那可是女人的失败，一切都完啦……讨厌，哭什么呀？有什么好哭的……你不在乎？无所谓？不在乎倒也可以，不过还是早点儿另找个男人为好，雪妹，否则你要吃大亏的啊！”

谁知，第二天，仓吉就被解雇了，小雪也离家出走，随他而去了。

半个月后，阿泷接到小雪不知打哪里发来的信。信上说：“多么怀念山间温泉啊！我一路悲伤，仰望旅途的天空。昨天朝东，今天奔西……”

这无疑是小雪还在温泉旅馆时，从通俗杂志上学到的美文笔调。

后来，一个消息在山乡传扬开了：小雪被那个男人拉着到处奔走，最后给他卖了。不过这也只是传闻。

C　冬至

一

水车的冰柱在月光下闪亮。结冰的板桥上，马蹄发出金属的响声。地冻天寒的冬天，群山黝黑的轮廓宛若刀尖。

阿笑独自一人坐在公共马车中，白色的围巾包裹着双颊，笼着双手的和服袖筒掩盖着面孔，她深深团缩于车厢一角。

从车站到这座温泉村大约十六公里。她乘的是七点的火车，公共汽车和公共马车都没有了。末班马车抵达时，正是那些久久赖在温泉里泡得红虾般的老浴客，打着灯笼从河谷登山归去的时候。纵然是明月夜，也有暗黑的树荫。国道沿途的人家全都关门闭户了。

阿笑立即跳下马车，缩着脖颈快速奔入山茶树林，穿过浓黑的叶荫向竹林走去。她从怀里掏出酒瓶，对着瓶口喝了几口。

“啊——”阿笑不由痛快地长舒了口气，将两腿深深蜷缩在裙子里。她重新裹好围巾，两只袖筒蒙住面孔，“扑通”一声趴倒在地上。

冬天的竹林——阿笑知道，若是堆积着干枯的竹叶，那还尚存微温。她身上只穿两件人造丝夹衫，没有外套。

不到二十分钟，传来男人的脚步声。

“喂，吓了一跳，睡着了吗？”

那人一边说一边弓下腰。阿笑一把拉住他的手，从肩膀拽到胸前。那男子就势倒下，阿笑紧抓他的手不放，骨碌骨碌打起滚来。

“哈，痛快极了。真是一场喜相逢啊！滚来滚去好温暖。”

“没有人发现你吗？”

“猜猜看吧，告诉你，我提前五站下车，接着乘两个小时的马车。瞧，都变成这样啦……”她脱掉袜子，将双脚暴露在涨水般的月光里，“通红通红的。”

然后，她把两只脚丫儿沉重地搭在男人的双膝上，揉搓着红红的脚指头。

“简直就像冰镇红辣椒！”

男人握住她的脚趾——宛若冰冷的鼻涕虫粘在他的掌心里。阿笑有着类似白色蜗牛般的肌肤，她一旦将脚趾交给了那男人，身子就像一块大肥肉猛然倒了过来。

“去村中洗洗温泉浴，暖和一下吧。”

“不嘛，人家大老远的像一团火赶了来，你待我也应该是一团火呀！”

男人转过脸来，阿笑却用双手推开他，转过身去。

“别这样，我可不是白来一趟啊。我还花了火车费和马车费啊。”

“那些钱，我给你。什么时候都可以。”

“不行呀，你不早些给我，我就不会真心做你的女人。”

蓦然间，谷川的水音冷冷地震动着男人的耳鼓。

阿笑不是从镇上跑来会见情人的，她是来做买卖的。

这个村子的女招待中，只有阿笑特别有伤风化，很早以前，村中有权势者都这么看。村中派出所的警察忠实地秉承他们的意见,屡次叫她退出村子。就在一个月前，在这些人的筵席上，他们互相叹息自家孩子品行不正，其结果，阿笑就被警察送回城里了。阿笑是天生的女招待，放荡不羁超过娼妓。

不过，仅凭一张明信片的召唤，阿笑就会随时前来面会她的情人们。她坐火车，乘马车，还要避人眼目，夜晚藏身于竹林……就这样，她还是希望获得这笔“远行”的费用。也许，比起金钱，她对卖身更具一番奇异的热情，致使她走过四十多公里夜路。如同传说中的女子，游过大海去见自己的心上人。

阿笑就算回到城里，自然都待在为大兵服务的店家里。一张白皙的蟠桃脸，始终傻乎乎的，迷迷瞪瞪睡不醒的样子。她生活坦然，不管身在何处，自己都不大在意。只要有男人，在哪里都一样快活——就凭这样一副安逸的心态，她一个劲儿抹头油，弄得头发黏湿湿的，似乎不大考虑梳理得整齐一些。

眼下，竹叶沾在她的脖颈上，她似乎也不想拂拭下来。

男子将竹叶一片片从阿笑的衣服上扒拉掉，两人向山谷走去。他们沿着河滩的岩石，去温泉旅馆偷洗温泉浴。

阿泷独自坐在浴池边上，看到阿笑，用湿毛巾揩了一下脸，对男人说：

“昨晚上，隔壁的阿清死啦，你知道吗？”

“那件事听说了。本以为都睡下了，所以没打招呼就前来洗澡了。”男人颇为难为情地解着腰带。

“今夜为阿清守灵，男人们很无情，没一个人来，真不像话！”

“虽说是她生前受到她照顾的人，但不便公开出面，暗地里还是很同情她的。”

“好可怜啊，就说你吧，不也是使她缩短寿命的一个人吗？”

“那些铺路工人要是不住进来就好了，阿清在村里一直照顾孩子，大伙儿也都很喜欢她。”

“你瞧这守灵之夜多么冷清。幸亏阿清的幽魂没出现在竹园里啊。站在那里的人啊，你不能洗澡，这里的浴场不是你洗涤脏身子的地方。”

说归说，阿笑从脸面一直红到乳房，一句话不说地低伏着脑袋，迈着一双面筋般柔软的脚，沿着浴场的石阶走进水里。

二

阿清也是女招待，而阿笑是女招待的榜样，换个角度想想，阿清可以说是被阿笑杀死的。

十六七岁时流落到这座深山，不久就毁掉身子的阿清一心一意将这里当成自己的养老的地方。男人们抱住这个时时考虑着死的小姑娘，犹如抱着一副苍白的幻影。纵使如此，她还是屡屡被摧毁。而且一旦空闲下来，就和村里的幼儿一起玩。

建筑工人进来后，开始听到岩石炸裂的响声时，她就更加清楚地体会到了——

“不等修好道路，自己就将被害死。”

最后，路修好不到五天，阿清又爬不起来床了。因为鸳鸯屋四岁的女孩和一个吃奶的孩子围在她枕畔不走，她才没有被驱赶。可是，这座村子的每个女招待都听老板说起过：“你们看阿笑。”这句话始终围绕着她的寝床不散。这张寝床就设在腌菜小屋旁边，两铺席大，那里有时也同样用来接客。

阿清勉强支撑着身子，决心自杀。不，还没到“决心自杀”那样强烈的程度，只是一种绝望感。从结果上看，为这帮子建筑工人而疲于奔命，其实就等于自杀。

阿清身边的孩子们，还没有充分弄明白，阿清的死和建筑工人们的关系。

阿笑洗罢澡，对于阿清的死讯和受到的阿泷的羞辱，一概不予置理，若无其事地对那男子说道：

“再见了，哦，下次什么时候再找我呢？”

“别开玩笑了，说什么再见，深更半夜到哪儿去呀？”

“回去，走着回去。天明之前可以赶到车站。”

“那要走十五六公里的山路啊！”

“没关系，黑夜和男人都很难得，没有什么好怕的。我不会让你送的，再见。”说罢，她双手袖笼在怀里，飘然而去了。

“喂，怎么说走就走啊，等天亮以后不好吗？”

“被人看到了怎么办？”说着，她头也不回，登上月光如冰的国道。

男子茫然伫立不动。

然而，阿笑一旦看不到那男子，就又快步跑回来，躲避在谷川沿岸乡村温泉的背后。她团缩着身子等待着，另外那个相好的男人还会来洗温泉浴吧？

麦地的嫩芽露出了霜色，山峰的天空明亮了。候鸟不知为何没有停宿于竹林，顺着山脚飞走了。第二个男人踏灭竹林中的篝火，突然蹲下身来。

“喂，有人来啦。”

枕着胳膊弯儿睡觉的阿笑，这时抬起身来。

“啊，我懂啦，那是为阿清送葬呢。”

“小点儿声。”

送葬的人渐渐登上梯田，向竹林走来。阿笑猝然趴下身子，两手捂着蟠桃脸的双颊，冷笑地眺望着。

说是葬礼，也就是两个汉子抬着一副白布覆盖的棺材而已。或许，那就是鸳鸯屋的老板和伙计吧。棺木上放着两把铁锹，也许算是一种装饰，因为这座村子实行土葬。

孩子们究竟在哪里？她所宝爱的村里的那群孩子，排着长长的队伍，随着棺材登上山间墓地——这种幻景不正是阿清生前的快乐吗？同时，不也是死后的快乐吗？

那些孩子还都在熟睡中。

阿清被抬着经过竹林旁边，向山间墓场走去。

“真可怜啊！”

“是啊！”

“这是趁着黎明之前偷偷抛弃啊！”

“我也趁着天不亮，赶紧回去吧，这会儿中途还能赶上头班马车。”

“唉，拂去身上的竹叶再走。”

“再见啦，你下次也写明信片来找我吧。”她拾起地上的酒瓶，用力扔了出去。正好击中眼前的竹子，飞起一堆碎玻璃片。

抒情歌

跟死者说话，这是人的多么可悲的因习。

不过，在我看来，人在死后的世界也必须继续维持活着时候的形象，这种事更是人的可悲的因习。

“感受植物的命运和人的命运相似相通，这是一切抒情诗的久远的主题。”说这话的哲学家，我连他的名字都忘了，只记得这一句话，之后还继续说了些什么，一概不清楚。我虽然不知道植物是唯有开花落叶之心，还是隐含着更加深沉的情思，但此时此刻的我，认定佛法的各种经文，都是无与伦比的可贵的抒情诗。如今，同死去的你说话的我，与其说面对的是保持这个世界的形体而进入冥界的你，毋宁说面对的是眼前及早孕蕾的红梅——我将壁龛里的梅花看作你的转世，构筑一则神话故事——这真不知多么令人高兴啊！即便不是眼前的名花也无妨。你或许已经转生到遥远的法国，变成不知名的群山中一株不知名的花朵，我纵然同那里的花朵对话也一样。我如今依旧这么深爱着你！

如此说来，我忽地想眺望那个遥远的国度。我什么也看不见，只闻到这座屋子的香气。

这种香气已经死去了啊。

我低声细语，我放声大笑。

我曾经是个没有搽过香水的姑娘。

还记得吗？四年前的一个夜晚，我在浴场，突然受到一股芳香的猛烈的袭击。我虽然不知道那种香水的名字，一旦光裸着身子嗅到这种馥郁的芳香，就感到十分羞愧难当。于是双眼模糊，神志不清。那时，你已经把我抛弃，瞒着我同别人结了婚。那是你新婚旅行的第一个夜晚，你在旅馆洁白的寝床上，遍洒了新娘子的香水。我不知道你结婚，后来想想，这件事完全是在那个时候。

你在新婚的寝床上洒香水时，突然对我感到了歉意吗？

你突然觉得，这位新娘子要是我该多好，对吗？

西洋香水，飘溢着强烈的现世的芬芳。

今晚上，家里来了五六位老朋友一起玩歌留多纸牌[1]。虽说是新年，却已经过了插门松的时期[2]，歌留多游戏也错过了时节。我们到了这个年纪，每人都有了丈夫和孩子，或许歌留多聚会也稍稍过了最佳时期。我们明明知道，大家聚在一起，彼此的呼吸也会使房间的空气凝重起来。这时候，父亲为我们点燃了中国线香，屋内也变得清凉了。然而，我们依旧各自耽于自己的冥想，座中的气氛总也活跃不起来。

回忆是美丽的，我相信。

不过，屋顶上有温室的房间，四五十个女人聚在一起，竞相谈论过去的事，房内将会汇集浓烈的恶臭，使得室内的鲜花尽皆枯萎。诚然，这些女人没有做过任何丑事，但比起“未来”，“过去”已经变成一只充满体臭的鲜活的动物。

我心中浮现出这些奇异的幻影，想起了我的母亲。

我被奉为“神童”之初，是在玩纸牌的时候。

还在四五岁时，我对日语的正楷字母和草体字母一个字也读不出，不知母亲作何想法。正值双方酣战之际，母亲突然瞅瞅我的脸，说：“明白吗？小龙枝。看得这么认真。”然

1. 歌留多纸牌：硬纸片上印有和歌与彩图，状似扑克的纸牌。

2. 原文为“松之内”。日本新年时门口装饰松树和稻草绳。

后她摸摸我的头，“你也来拿一张试试看。让我们小龙枝也来摸一张吧。”大家看到对手是个不懂事的小丫头，刚想伸手就又缩了回去，眼睛一起盯着我看。

“妈妈，拿这张！”我无意之中——确实是无意之中——摸起母亲膝前的一张纸牌，用比纸牌还小的小手摁住，抬头仰望着母亲。

“哦！”母亲首先惊叫起来。大家也跟着母亲齐声发出感叹。母亲随口说：

“这孩子连字母都不认识，竟然侥幸赢了。”

这么一来，客人们鉴于到我家做客的情分，看样子不再讲究输赢了，就连唱牌的主持人也不急不忙对着我一人，三番两次专门为我诵读下去：

“小姑娘，准备好了吧？”

我又摸了一张，这张也摸对了。接着，好几张都摸对了。然而，不管是哪一首和歌，我一点儿也听不懂意思，一首也背不出来，字也不识一个，竟然真的全都摸对了。我只是下意识地动动手罢了。母亲摸着我的头，我从她手心里感受到母亲无上的喜悦。

这件事很快获得了广泛的好评。幼年的我当着来我家的客人们的面，或者我和母亲被邀去做客的各个家庭，反复演示过多少场象征母女之爱的游戏啊！随后，不光在歌留多纸牌上，我越发渐渐表现出 ·个神童的惊人的天分。

而今夜的我，尽管自己学会了《百人一首》，可以独自阅读纸牌上的草体字母，但比起无意中动动手的神童的时代，玩起纸牌反而觉得困难，而且动作也迟笨了。

母亲，然而如今的我，对于那般心疼我，始终为我寻求爱的明证的母亲，反而像西洋香水一般，感到有些厌烦了。

作为我的情人，你抛弃我，恐怕也是因为你我之间充满太多的爱的明证的缘故吧。

在远离你们二人下榻的旅馆的一家浴场，闻到了你和新娘子新床上香水的香味，在这之后，我的灵魂从此关闭了一扇门扉。

你去世以后，我从未见到过你的姿影。

也不曾听到过你的声音。

我的天使的羽翼折断了。

若要问为什么，那是因为，我不想飞向你所前往的死亡的世界。

我并非惋惜为你舍弃生命。死后若能转生为一株野菊，我明天将随你而去。

“这种香气已经死去了啊。”我低声细语，我放声大笑，是因为除去葬礼或佛事，不大可能嗅到中国式的香味了。我嘲笑我的这一因习。同时，也是因为我想起了先前手头那两册关于香的神话故事。

其中一册是《维摩经》[1]的《众香国》，描写圣者打坐在各种吐露着种种芳香的圣树之下，嗅闻不同的香气而体悟真理——凭借一种香气感知一种真理，然后再从别的香气中感悟别的真理。

普通人阅读物理学书籍，会认为香、声、色，因人的感官不同而带来不同的感受，但根本上是相同的。科学家们将灵魂的力量看作与电气、磁力相同的东西，创造煞有介事的神话故事。

一对恋人用信鸽作为爱的使者。男人外出旅行，从各处遥远的土地上放出一只信鸽，那鸽子为何能飞回女人所在的地方呢？这是因为恋人们相信绑在鸽腿上的情书中爱的力量。有的猫能看见幽灵，许多动物比起人来更能敏锐地预感到人的命运。记得我对你讲起过，幼年时代，我打猎的父亲曾经在伊豆山丢失一只英国波音达猎犬，到了第八天，这只猎犬一副瘦骨嶙峋的样子，摇摇晃晃回到我家里来了。这只猎犬，除了主人，不论谁喂它食物它都不吃。从伊豆到东京，它是靠什么一步步走回来的呢？

我并不认为，人从各种香气中认识各种真理，仅仅是一

1.《维摩经》：佛教众多经典中般若部的一部大乘经教，一称《不可思议解脱经》，阐扬大乘般若性空的思想，属于真空法性部经典。

种美好的象征性的颂歌。正像众香国的圣者们以香气作为心灵的食粮，雷蒙德所说的灵魂之国的人们，则以色作为心灵的食粮。

陆军少尉雷蒙德·洛奇，是奥利弗·洛奇[1]的小儿子。他一九一四年作为志愿军入伍，随南兰开夏第二纵队出兵，一九一五年九月十四日，在攻击乌茨山丘的战斗中阵亡。不久，他通过和灵媒莱纳德夫人、艾瓦·皮塔兹的对话，就“灵之国”的情景写了详细的报道。随后，父亲洛奇博士将儿子在灵界的消息编成一册大书。

莱纳德夫人的宿灵，是一位名叫菲伊达的印度少女；皮塔兹的宿灵，则叫莫文斯顿，是一位意大利老隐士。所以灵媒只得用只言片语的英语交流。

住在灵之国第三界的雷蒙德，有一次到第五界一看，发现那里有一座似乎是用雪花石膏建筑的大殿堂。

那座殿堂通体银白，点燃着众多五颜六色的灯火。有的地方全是一片红色灯光，接着就是蓝色的，中央似乎是橘黄色的。这些都不是从我刚才所说的话语中可推想的鲜活的颜

---

1. 奥利弗·洛奇（Sir Oliver Joseph Lodge，1851—1940）：英国物理学家。研究无线电，发明电磁诱导无线电。后迷恋心灵学，相信人能同死者对话。

色，而是一种真正的柔美的色相。于是，那个人（菲伊达称雷蒙德为“那个人”）凝神眺望，那些颜色究竟来自何方。结果，他看到有许多大窗户，上面镶嵌着彩色玻璃。而且，殿堂里的人们，有的正走向透过红玻璃投射下来的粉红色的地方，就地站在那里，有的走进蓝色光芒，也有人沐浴在橘黄色和黄色的光里。他们为何都要这么做呢？那个人忖度着。于是，有人对他说，粉红色是爱之光，蓝色是真正治愈心灵的光，还有橘黄色是智慧之光。他们每个人都各自走进自己所希望的光芒。按照向导的说法，这比地上的人们所认为的更加重要。当今的世界，总有一天会有人进一步研究各种光芒的效果的。

你在取笑我吧？我们用这种光的效果装饰了地上爱巢的颜色。精神病医师也在注意色。

雷蒙德的香的神话，也像色的神话一样幼小。

据说地上凋零的花的香气升到天上，其香气会使得地面上的同一种花在天上开放。灵之国的物质都来自从地上升天的香气。只要用心一看，地面一切死亡和腐朽的东西，都各自散发着不同的香气。这种香气升天之后，会产生出此香未形成之前的原来的东西。槐花之香不同于竹子之香，腐朽的麻布之香不同于腐朽的呢绒之香。

人的灵魂也像鬼火的火球一样，不能一齐飞旋出尸骸，只能像一缕缕烟从尸骸里袅袅升起，在天上缠络成团，仿佛临摹遗留地面的肉体，形成此人灵魂的躯体。故而，彼世的人的姿态，与此世的人的姿态完全相同。雷蒙德也一样，他不但睫毛、指纹同生前毫无变化，就连活在此世时的虫牙，到了彼世也重新长成了光洁的美齿。

此世的盲人在彼世会重获光明，瘸腿的汉子在彼世也会变得两腿劲健。那里既有与此世相同的马、猫和小鸟，也有砖瓦房。更令人喜笑颜开的是，雪茄、威士忌苏打也都由地面上的香精或乙醚之类的东西制作而成。早夭的儿童到达灵界之后将获得成长。雷蒙德也会见到幼时离开此世，而在彼世长大成人的兄弟。那副对地上世界不很熟悉的美丽的灵的姿影，尤其是那位身穿用光织成的衣裳，手里拈着百合花，名叫莉莉的清纯的少女，一旦经诗人之笔而被歌颂，又将会如何呢？

同大诗人但丁[1]的《神曲》，以及大心灵学家斯威登堡[2]的《天堂与地狱》比较来看，雷蒙德的灵界通信虽然只是幼儿的

1. 但丁（Dante Alighieri，1265—1321）：意大利文艺复兴时期的伟大诗人，现代意大利语的奠基者，欧洲文艺复兴时代的开拓者，以史诗《神曲》留名后世。

2. 伊曼纽·斯威登堡（Emanuel Swedenborg，1688—1772）：瑞典科学家、神秘主义者、哲学家和神学家。起初学习数学和物理学，后来埋首于心灵研究。他认为《圣经》就是神的声音，并阐释精灵和人的世界可以相互交流的道理。

牙牙学语，但反而能够成为煞有介事的神话而受到欢迎。不过，就我来说，较之这种冗长记录中的活灵活现的段落，更加喜欢富于神话意味的章节。即便是洛奇，他也不相信灵媒所说的那个世界的样子确实存在，而只是同死去的儿子进行各种对话，以此作为灵魂不朽的证据。欧洲那场大战使得数十万母亲和恋人失去心中所爱的人，他把这本书赠给了他们。说真的，在我所读过的无数关于灵界通信的书籍中，没有一本比得上雷蒙德这册富有现实性的讲述灵魂永生的记录。我同你永别了，我必须从这本书中获得慰藉。但我仅仅从中寻找出一两则神话故事，简直是打错了主意。

然而，不管是但丁还是斯威登堡，这些西洋人对那个世界的幻想，比起佛典里众佛居住的世界的幻想，显得多么富有现实性而又弱小、鄙俗！在东方，孔子这个人虽然也说过“未知生，焉知死”这样简要的话语，但时至今日，我依然将佛教经文中前世与来世的幻想曲，看作无与伦比的罕见的抒情诗。

莱纳德夫人的宿灵菲伊达，倘若是印度少女，雷蒙德讲述了在天上会见基督时令他颤抖的喜悦，但为什么在天界他未见到释迦牟尼世尊的身影呢？为什么也不曾谈起佛典所教导的那个世界的幻想呢？

我想起来了，据说雷蒙德在圣诞节一整天，回到了地上的家。在部分遗族看来，随着死亡，灵魂也会化为乌有，他为那些灵魂的寂寞而悲叹。正如你去世后，在盂兰盆会[1]上祭祀你的亡灵一样，我没有一次迎来过你的精魂。

你也因此而感到寂寞吗？

我也爱读叙述目连尊者的佛书《盂兰盆经》。《睒子经》里也有道丕借读经的功德，使得父亲的骷髅跳起舞来的故事。释迦牟尼世尊前身为白象的故事我也喜欢。从焚烧麻秆迎魂火至放河灯送魂火等祭祀亡灵的形式，我以为也宛如儿童过家家游戏一般美好。日本人不忘为野鬼游魂超度，祭祀溺死鬼，甚至举办“针祭”[2]等活动。

然而，更加美丽的是，一休禅师[3]咏叹亡灵活动的一颗心：

> 山城瓜，紫茄子，依照原样供灵前，水流无限加茂川。

---

1. 盂兰盆会：根据目连尊者（佛祖十大弟子第一人）见到陷入饿鬼道的母亲，受佛祖教导倾力相救的故事，每年农历七月十五日，为拯救先祖双亲于苦难，供以各种食品，祈求冥福。

2. 针祭：原文为“针供养”，十二月八日或二月八日，为纪念断针，一天停止缝纫，将断针插入豆腐或蒟蒻糕，奉纳神社或付诸河水。

3. 一休（1394—1481）：室町末期临济宗僧人，京都大德寺住持。擅写诗与长歌，工于书画。漫游诸国，多奇行。

多么盛大的亡灵节啊！今年长成的瓜是亡灵，茄子是亡灵，加茂川的河水是亡灵，桃子、柿子、梨也是亡灵；死去的亡者是亡灵，活着的人也是亡灵……这些亡灵会集一起，心无芥蒂面对面，他们只是觉得机会难得。毕竟只是一次亡灵会，亦即“一心法界”的说法。法界即一心，一心即法界，所谓“草木国土悉皆成佛”之祭也。

松翁[1]就是如此理解一休这首和歌的。

《心地观经》中说，一切众生皆经五道轮回[2]、百千劫[3]，数度生生死死，其中，总有一天会互为父母。所以，世间的男子皆是慈父，世间的女子皆是悲母。

这里用了“悲母”这个词儿。

还写着父亲怀慈恩，母亲怀悲恩。

“悲”字只理解为“悲伤”太肤浅了，佛法认为，母恩重于父恩。

你或许还清楚地记得我母亲去世时的情景吧？

---

1. 布施松翁，生卒年未详。心学书《松翁道话》的作者。

2. 五道轮回：人死后因善恶等所到达的五种世界：地狱、饿鬼、畜生、人、天。轮回，印度思想与佛教根本概念之一，认为灵魂不会同肉体一起消亡，而是辗转变成其他肉体，犹如车轮回旋不息，生生死死，永远旋转于迷幻之世界。

3. 劫：佛语，时光之义，极为长久的时间。

那时你突然问我:“还在想念母亲吗?”我听后是多么惊奇啊!

雨似乎被什么东西吸收了,天气一放晴,仿佛整个世界变得空无一物,到处都是初夏明丽的日光。窗下的草坪腾起新鲜的游丝,已是夕阳西下的时候了。我坐在你的膝头,凝神眺望着西边的杂木林,如今那里似乎又重新画线,看得清清楚楚。草坪的一端倏忽染上苍茫的颜色,以为是日光照在游丝上,却发现母亲正从那里走来。

没有经过父母的允许,我和你住到了一起。

不过,我并不感到耻辱,我一时感到惊奇,正想站立起来,母亲似乎想说什么,但又用左手按按喉咙,姿影忽然消失了。

此时,我又一下子将体重全都压在你的膝头。你问我:“还在想念母亲吗?”

“哎,你瞧。看到了吗?”

“看到什么?”

“母亲刚刚来到这里了。”

“哪里?”

“那里。”

“没看到,母亲是不是出了什么事呢?”

“啊,她死了,她是特来告诉女儿一声的。”

我即刻回到父亲的家。母亲的遗体还没有从医院搬回家里。音信不通的我丝毫不知道母亲的病。母亲死于舌癌，所以她才按按喉咙那里给我看的吧。

我看到母亲的幻影和母亲咽气的时刻完全一致。

就是为了这位悲母，我没有设置盂兰盆会的祭坛，也不想通过巫女的口述倾听母亲在那个世界的消息。我只想将杂木林的一棵小树当作母亲，和小树对话，那将给我带来愉悦。

释迦对众生说法，要从轮回解脱出来，进入涅槃不退转[1]。不断重复转生的灵魂虽然依旧是迷茫与可怜的灵魂，但我以为，轮回转生之说是这个世界交织着丰富幻想的最动人的神话，是人创造的最美丽最可爱的抒情诗。印度自古代《吠陀经》[2]起就开始有这种信仰，看来本是东方精神。不过，希腊神话中也有明丽的花的故事。《浮士德》中格雷琴[3]的牢狱之歌等，在西方，转生为动植物的传说也如繁星满天。

不论是昔日的圣哲们，还是今天的心灵学家们，他们考虑人的灵魂，大致都是尊重人的灵魂，而蔑视其他动植物。

---

1. 不退转：修养越积越多，进入不退之境。

2. 《吠陀经》：印度最古老的宗教文献，婆罗门教经典，印度宗教、文学之根源。

3. 格雷琴：歌德《浮士德》中的女主人公，在牢狱之歌中歌颂转生小鸟。

人类历时数千年，一味盲目地走到今天，不外乎都是以种种意义将人和自然界万物区别开来。

这种自命不凡的虚妄的脚步，至今已经使得人的灵魂变得如此空寂，不是吗？

说不定有一天，人类将身子一转，回头朝着来路走去。

你会将此看作太古之民与未开化民族的泛神论，而加以嘲笑吗？但科学家越是详细探究创造物质的本源，越是发现，这种东西本来就在万物之间流转，不是吗？这个世界失去形式之物的香气造就了那个世界的物质，这种说法不过是科学思想的象征之歌罢了。物质本源和力量是不灭的，就连我这个才疏学浅的年轻女子，半生以来也觉悟到了。那么，既然如此，为何必须想着灵魂的力量会灭亡呢？灵魂这个词儿，不就是流动于天地万物力量的一个形容词吗？

灵魂不灭这一认识，或许是活着的人对生命的执着与对死者深爱的表现，因而，相信那个世界的魂魄也具有其人这个世界的人格。这虽说是人情中可悲的幻影的因袭，但人们不仅将生前自己的姿影，还将此世之爱与憎带往到那个世界。即使阴阳相隔，亲子还是亲子，在那个世界，兄弟姐妹还是作为兄弟姐妹一同过日子。听闻西方死后的灵魂述说，大体上冥土也类似现实社会，我反而觉得只尊重人的生命这种执着的因袭是多么冷清的事。

比起居住于白色幽灵世界的居民，我想，死后不如变成一只白鸽或一枝银莲花。怀有这样的想法而活着，心中的爱将会多么广阔、坦荡！

上古的毕达哥拉斯学派[1]认为，恶人的灵魂在来世也会被禁锢于鸟兽体内而备受苦难。

十字架血迹未干的第三天，耶稣升天，主的尸身消失了。两个穿着光辉衣服的人站立旁边。彼等畏惧，面目伏地。此人曰："汝等何以于死者之中寻找生者？彼已复苏，不在此矣。彼居加利利时，曾对汝等言：'人之子，必将交于罪人之手而钉在十字架上，至第三日当苏醒。'汝等思之。"

这两人穿的发光的衣服，也是雷蒙德在天上见到过的耶稣基督身上穿的衣服。不光是基督，亡灵之国的人们都穿这种用光织成的衣裳。这些亡灵似乎认为，那是用自己的心灵制作的衣裳，即在地上度过的精神生活，死后将变成灵魂的衣衫。在这些灵魂衣裳的故事中，包含着这个世界关于伦理的说教。同佛教的来世一样，雷蒙德的天国，也包含至第七界，将随着灵魂的修行而逐渐升高。

佛法的轮回转生之说，似乎也是这个世界伦理的象征。

---

1. 毕达哥拉斯学派：亦称"南意大利学派"。古希腊数学家、哲学家毕达哥拉斯（Pythagoras，约公元前580—约前500）及其信徒组成的学派。成员多是自然科学家，把美学视为自然科学的一个组成部分，认为宇宙可以用单独一个主要原理加以说明。

佛法教导说，前世的老鹰变成今生的人，现世的人也会变成来世的蝴蝶或成佛，这些都是此世的因果报应。

这些都是可贵的抒情诗的污点。

古代埃及名震四海的抒情诗《亡灵书》[1]中的转生之歌更加朴实，希腊神话伊里斯的彩虹衣裳更加光耀夺目，银莲花的转世是更明朗的喜悦。

希腊神话里的月亮、星辰，还有动植物，都可以看作神仙，这些神仙具有与人一样的感情，当哭则哭，当笑则笑。希腊神话爽健优雅，犹如在晴天丽日的草地上裸体跳舞。

于是，神似乎在玩捉迷藏游戏，不知不觉间变成了花草。森林中美丽的妖精贝尔蒂丝变成雏菊，以便躲避并非自己丈夫的青年爱的目光。

达芙妮为守护少女的纯洁，逃避情种阿波罗的追逐，化作月桂树。美少年阿多尼斯为了安慰为自己的死而哀痛的恋人维纳斯，转生为福寿草。阿波罗为悲悼年轻英俊的雅辛托斯之死，遂将这位情人的倩影转化为风信子[2]。

如此说来，我把壁龛里的红梅花当作你，对着那花朵说

1.《亡灵书》：古代埃及埋葬死者时为之祈求冥福的祈祷、赞歌或信条等。

2. Hyacinthus，谐音“雅辛托斯”，风信子。

话不也可以吗？

好生奇怪呀，火中生莲华，爱欲之中显示正觉[1]。

被你抛弃，熟悉银莲花精神的我，不正像这句话所说的那种意思吗？风神看到美丽的森林女神银莲花便朝思暮想起来，谁知这件事传到风神的恋人花神的耳朵里，花神嫉妒之余，将毫不知情的清纯的银莲花赶出宫殿。好几个晚上，这位银莲花站在野外哭泣，直到天亮。听说她这时突然开悟，她想，与其落得这般地步，还不如干脆变成一株花草。只要这个世界存在，我就作为一株美丽的鲜花活下去，凭借花的朴实的心灵，享受天地的恩泽。

比起可怜的女神，不如变成美丽的花朵更快活。想到这一点，女神的心情才稍微开朗起来。

你抛弃我我怨恨你，绫子将你夺走我嫉妒她，日日夜夜我都在煎熬中度过。我曾反复思忖，与其做个可怜的女子，干脆化作银莲花一般的花草，那将是多么幸福！

人的眼泪这东西，是很奇怪的。

要说奇怪，我今夜对你所说的这些话语也尽是些奇怪的东西。但转念一想，我所说的也都是数千年来千千万万甚至

1. 正觉：摒弃妄想，获得佛果，正确的觉悟。

几亿人的梦想与愿望。我这个生在俗世上的一名女子，正像人的一滴眼泪，一首象征抒情诗。

有了你这样一位恋人的时候，我的眼泪在夜间入眠之前，顺着面颊簌簌流淌。

然而，当我失去你这样一位恋人，我的眼泪在早晨醒来之后，顺着面颊簌簌流淌。

我睡在你身边时，从未做过关于你的梦；我同你分手之后，反而每晚都梦见你把我抱在怀中，梦中我也是泪流满面。由此，早晨醒来感到很悲伤。夜间入眠而泪流不断，正好同那些欢乐的时光相对照。

东西的香馨与色泽，即便在亡灵们的世界，不也是精神的食粮吗？还有，恋人的爱变成女人心灵的源泉，又有什么不可思议？

当你还属于我的时候，到百货店买一根衬领，在厨房里用菜刀收拾一条甜鲷，我都感到自己是个幸福的女人，爱的泉水流贯全身。

然而，打从失去你之后，花色、鸟鸣之于我一概变得干瘪无味。我的灵魂同天地万物的通道完全断绝了。比起失去恋人，失去的爱之心更加可哀。

接着，我诵读了轮回转生的抒情诗。

正像这首歌教导的那样，我于禽兽草木中找到你，找到我，又重新讨回了博爱天地万物的心。

因此，我所憬悟的抒情诗，就是浸满人情味的爱欲的悲情的极致吗？

我就是如此爱你啊！

刚刚见到你第一眼，还没有对你彻底表白爱心的时候，出于当时的因习，如今我也全神贯注眼望着红梅鼓胀的蓓蕾，心凝聚于一处，心中犹如浪花激荡。我的灵魂随着日不可视的海水，流向已逝的你那远在天涯的未知之乡。

当我见到母亲的幻影，尚未开口说话之前，你问了我一句："母亲是不是出了什么事呢？"一句话，促使我们二人一体，心心相印，不论多大的力量再也不能将我们分开。我安然向你道别，去参加母亲的葬礼。

我在父亲家里的三面镜梳妆台上，给你写了我们分别后第一封信。

母亲的死使得父亲心情沉重，答应了我们的婚事。或许为了表达一份心意，父亲为我定做了一套黑色的丧服。眼下，我的装扮显得有些神情凄楚，与你同居后第一次穿上礼服的我也将稍显憔悴，但看起来还是非常美丽！我真想让你看一看镜中的我呢。因此，我偷空给你写信。不过，玄色固然优雅，但为着我们，我还是会央求父亲为我置办一身花色美艳的婚纱。本来我很想早些回去，但因为长期出奔在外，此刻正是求得家人谅解的时机。因而，我打算在这里住到母亲的忌日“五七”。绫子小姐或许在你那里，身边的事可以托她处理。弟弟虽然年幼，却一心向着我，在亲戚面前处处维护我，甚是可爱。这张梳妆台我也要带回去。

你的信第二天晚间到达。

你为母亲守灵，勉强照应各种闲杂人事，可要注意身体。绫子小姐在我这里，为我照应着一切。那张梳妆台听龙枝你提起过，那本是作为你教会学校友人的一位法国小姐回国时送你的礼物，是留在家中最可惜没有带走的物件。想必抽屉中的粉盒已经结成硬块，但依旧会保有一副昔日的风貌。你那映入镜中的一身玄色丧服的优美姿影，对于远方的我，历历如在目前。我真想尽早为你穿上绚丽的婚纱。我也可以为你定做一件，但还是求父亲为你做更好，他一定很高兴，虽说正值他悲伤的时候。老人家心情郁闷，我想他会答应我们结婚的。龙枝的命根子小弟想怎么样呢？

我的信不是对你来信的回信，你的信也不是对我去信的回信。

我们两人都在同一时候写了相同的事情。对于我们来说，这并不稀罕。

这也是我们的爱的明证。两人尚未住在一起的时候，就养成了这样的习惯。

你经常说，同龙枝在一起的时候很安心，从未遇到意外的灾难。我在谈起自己预先防止了弟弟溺死的事情时，你也说过这样的话。

夏天海岸租赁的别墅井畔，我在洗涤家人们的泳衣。我忽然感觉到小弟的呼喊声，波浪里小弟挥起的一只手，还有船帆、晚间雨后的天空以及汹涌的波涛之类。我不由一惊，抬头仰望天上，天气晴明，但我赶紧跑回家去，一进门就喊："妈妈，小弟出事啦！"

母亲脸色大变，随即拉起我的手向海边奔跑。当时正是小弟即将乘上游艇的时候。

上船的是我的两个女同学和八岁的弟弟，驾驶员是一位高中生。船上堆积着三明治、白兰瓜和冰激凌等物，一早准备前往近海约七八公里以外的避暑地。

果然，归途中，洋面上突然风雨交加，游艇正在转舵的时候倾覆了。

三个人都落水了，他们抓住倒下的桅杆随着海浪漂浮，正巧被一艘机动船救起，只是喝了几口海水，并不危及生命安全。要是幼小的弟弟夹在其中，只有一个男人，女同学们都不会游泳，很难说将会出现什么情况。

母亲迅速跑去，是因为她相信我的灵魂具有预知未来的力量。

还是玩歌留多牌大受称赞的那个时候，小学校长很想见见我这个神童。于是，我被母亲牵着手拜访校长的家。当时我还未上小学，数数也只能勉强数到一百，认不出阿拉伯数字。但是，对于我来说，乘法和除法一点儿都不犯难，应用题中的鸡兔同笼也立即就能回答出来。对我来说，得心应手，既不列式子，也不具体演算，只是下意识地在嘴里反复叨咕答案。至于简单的历史和地理题目更不在话下。

不过，这样一个神童的力量，假若母亲不在身边，就绝不会显现出来。

校长感动得不住拍打着膝盖。母亲还对他说，我们家不管少了什么东西，一问这孩子，她立即就能找出来。

“是吗？”校长打开桌面上的一本书，给母亲看一下页数，“我要是问小姑娘是第几页，她一定答不出来。”他没想到，我又说对了页数。于是校长又用指头按住书本，他眼看着我，问道：

“这行字写了些什么？”

“水晶的佛珠。藤花。梅花瓣上下了雪，漂亮的乳婴吃草莓。”

“啊，好不叫人惊奇万分！堪称千里眼儿童。这本书是什么书？”

我歪着头想了想，回答他："清少纳言的《枕草子》。"

我说的"梅花瓣上下了雪，漂亮的乳婴吃草莓"，正确的说法应是"雪落在梅花瓣上。可爱的幼儿吃着草莓。"[1]但当时校长的惊讶和母亲的夸奖，我至今记忆犹新。

那时候，我已经会背诵九九乘法表，此外，明日的天气，小狗下几胎、几公几母，明天谁来我家，父亲何时回家，下一位女佣的长相，有时还对别人家病人的死期等做出预言，这些都成了我的嗜好，而且大部分都出色地预见到了。如此一来，周围的人把我捧上天。我有点儿得意忘形，我这个天真烂漫的幼童沉迷于诸般预言的游戏之中。

预知未来的能力，随着我长大成人和天真无邪的失却而从我身上逐渐离去，寄居于幼年心灵中的天使抑或将我舍弃？

到了少女时代，天使仅犹如变幻莫测的电光，不时闪过我的心间。

当我嗅到你和绫子小姐新床上的香水的时候，变幻莫测的天使的翅膀也折断了。这话我刚刚已经说过了吧？

在我年轻姑娘时代，前半生的书信中最不可思议的"雪中书简"，将成为我不可再造的心灵的纪念。

---

1. 参见《枕草子》第四十段"高雅之物"（小学馆"日本古典文学全集18"）或三十九段（角川、新潮文库）、第四十二段（岩波文库）等。

东京下过一场大雪是吧？你的住宅的玄关，那只王子风姿的牧羊犬，拖曳着锁链狂吠不止，几乎将那座绿色的犬舍拽倒在地。它是冲着除雪的汉子狂吠的。它如果向我而吠，即便千里迢迢来访，我也不敢跨入家门。好可怜，除雪汉子背上的婴儿又哭又闹。你走出门外，亲切地哄着那孩子。那位形象鄙琐的老爷子的婴儿，在你眼里是那么活泼可爱！其实，老爷子年龄并不大，只因一生劳苦才显得年老。开始时，是女佣在除雪，这时一身乞丐模样的老爷子来了，点头哈腰地哀求道："我年老了，走路摇摇晃晃的，还驮着个孩子。走到哪儿都没人让我除雪。孩子一大早就没奶吃了。请行行好吧。"女佣一时没了主意，她走进客厅请示，当时你正在留声机旁欣赏肖邦。房子里墙壁雪白，古贺春江的油画和广重的《木曾雪景》版画分挂两边。壁毯是一幅印度"更纱"[1]极乐鸟图。洁白的椅套包裹着绿色的皮革。煤气炉子也一律白色，两端摆着袋鼠似的装饰。摊开在

1. 更纱（sarasa）：一种起源于印度的印花棉织品。画面包括人物、动植物等。类似英语中的chintz。

桌面上的影集的一页，画面是伊莎多拉·邓肯[1]表演古希腊舞蹈。墙角的百宝架上依旧放着一束圣诞节的康乃馨，想必是一位美人的礼物，过了年也舍不得丢弃吧。还有，窗帘……哎呀，你家的客厅我尚未得见，竟然凭空胡乱幻想起来了。

结果，第二天一看报上，礼拜天的东京不但没下雪，而且还是个气候和暖的大晴天。我大笑不止。

这封信提到的房间的布置并非幻中所见。

也不是梦中所闻。

写信时，只是浮想联翩，随手缀录下来罢了。

然而，当我决心弃家而成为你的人，乘上火车的时候，东京下起了大雪。

在我进入你的客厅之前，却早已把那封“雪中书简”给忘了。

我一眼瞟见你的房间，咱们甚至不曾握过一次手，可我急不可待地一头扎入你的怀抱。啊呀啊呀，你是那样地爱着我！

“听着，犬舍早就移到后院去了，就是接到龙枝你的信那

1. 伊莎多拉·邓肯（Isadora Duncan，1877—1927）：美国女舞蹈家，现代舞创始人。

天呀。”

是的，你完全按照我信中所言，把房间装点起来了。

“你怎么愣着呢？这房间完全是老样子，我碰也没碰。”

“啊，真的？”我再次环视了一下房内的一切。

“龙枝觉得奇怪，倒也真是奇怪。接到你那封信，我是多么惊奇啊。那位人儿竟然如此热恋着我。你的灵魂多次光顾，所以你对这间屋子甚为熟悉，我对此深信不疑。既然灵魂多次来到身边，哪有人不随后而至的道理呢？于是，我满怀自信和勇气，给你写信，召唤你弃家来我这儿。你在没有见到我之前梦见了我，命运将我们紧紧结合在一起，不是吗？”

我的心联结着你的心。

这也是我们爱的明证。

翌日早晨，一如我信中所写，那位老爷子前来央求除雪了。

每天你从大学研究室回家，我都去迎你。你回家的时间不一定，从郊外的车站走回来也有两条道儿：一条经过繁华的商店街，一条沿着寂静的杂木林，可我们肯定都在半道上相遇。

我们两人嘴里始终都互相说出同一个词儿。

不论我在哪里做什么，只要你需要，我也会不召自来。

你在学校时，我经常在家做好你想吃的晚餐等你归来。

我们之间爱的明证一件件数也数不完，以至于使我们不能不分开。

记得有一次，我送绫子小姐回家，刚一出大门，我忽然对她说："眼下让你回去，总有些不放心，你还是在我家多待一会儿吧。"果然，不到一刻钟，绫子小姐流了好多鼻血。要是在路上，可就麻烦了。

或许因为知道你喜欢绫子小姐，我才这样做的吧。

我们虽然如此相爱，并且我也预先知道两人的感情，那么为何没有想到你会同绫子小姐结婚，以及你不久于人世呢？

你的灵魂为何不告诉我你的死期呢？

我做了一个梦：蔚蓝的海面，夹竹桃伸展着花朵繁盛的枝条，白木的路标，树梢上烟雾缭绕。我在这样的海岸小路上遇到一位青年，他身穿飞行服般的衣裳，手戴皮手套，眉毛浓黑，微笑时左侧嘴角微微上翘。我们一起走着走着，我心中不由燃起爱的火焰。梦破灭了，醒后的我在想，莫非将来要和飞行将官结婚吗？很久以来，我都没有将这个梦忘掉。梦中轮船在近岸行驶，我甚至记住了船的名称"第五绿丸"。

其后过了两三年，我在酷似梦中风景的小路上，和你相逢在温泉浴场。那天早晨，我跟叔叔生来第一次到那里，所以从前不可能见到过。

你看到我，像得救了似的长舒了口气。仿佛一眼就被我吸引住了，问道："到街上怎么走啊？"

我的脸颊泛起红晕，蓦地转头眺望海面。啊，一艘轮船在海上行驶，船尾清楚地写着"第五绿丸"。

我颤抖着默默前行。你跟在我身后，问:“回镇上吗？能不能告诉我自行车铺或汽车行在哪里？突然打搅你，对不起。我是骑摩托车旅行来这里的，没想到遇见马车，听到发动机声，马受惊了，我连忙躲开，不巧撞在岩石上，摩托车全报废了。”

走了不到两百米，我们已经谈得很投合。

“我总觉得我以前见过你一面。”我连这事儿都对你说了。

“我为何没有早一些见到你呢？”就是说，咱们说的都是同一个意思。

其后，在温泉街，每当我看见你的背影，内心呼唤你的时候，不管多么遥远，你总是立即回头看看。

我同你一起去的地方，总觉得以前我曾去过了。

我同你一块儿做的事，总觉得以前我曾做过了。

纵然如此，两人之间心灵的丝线突然断了似的。真的，若叩击钢琴的B音，回应着小提琴的B音，音叉共鸣，灵魂交通也是同样的。对你的死讯之所以毫无所知，那是因为你或我有一方灵魂的接收器出现了故障。

或许，我畏惧我的灵魂的力量，它在超越时空发挥作用。为了你和新娘子安逸的生活，我关紧了我灵魂的门扉。

以亚西西的圣方济各[1]为首，还有那些对钉在十字架上的主基督深信不疑的少女，她们的腋下被刀枪刺伤，流下了鲜血。专心于念咒语甚至将人咒死的那些生死灵魂的故事，人们谁都听说过。当我听到你死去的消息，一阵惊悚，更加想变成一株花草。

此世的灵魂和彼世的灵魂，这样一团热烈的灵魂的士兵们，磨灭人的阴阳相隔思想的因袭，在两者之间搭桥开道，为了从现世抹消死别的悲伤而战斗——心灵学家这么说。

然而，此时此刻的我，与其听闻来自灵魂之国的你的爱的明证，做一个阴间或来世的你的恋人，倒不如你我都变成红梅或夹竹桃的花朵，让传播花粉的蝴蝶做媒，为我们张罗结婚，这样更加美好。

假若能这样，也就不必仿照人类悲伤的因习，如此对死者诉说衷肠了。

1. 圣方济各（San Francesco d' Assisi，1181或1182—1226）：中世纪意大利修道僧，天主教方济各会和方济各女修道会的创始人。

禽兽

小鸟的鸣声打破了他的白日梦。

破旧的卡车上，装载着庞大的鸟笼，比起舞台上看到的死囚犯的竹笼子[1]还要大两三倍。

他的出租车，不知何时似乎驶入了送葬的车队。后边的汽车，司机面前的玻璃上贴着“二十三”的号码牌。转头看看路边，那里有一块碣石，刻着“史迹太宰春台[2]墓”一行文

1. 竹笼子：原文作“唐丸笼”（tōmarukago），江户时代，押送平民重犯的大竹笼子，犹如鸡笼，有的侧面开一小洞，只可伸出头颅。

2. 太宰春台（1680—1747）：儒学家，名纯。初学朱子学，后师从荻生徂徕学习古文辞，为徂徕之高徒。著作有《圣学问答》《经济论》等。

字。原来到达禅寺前边了。寺门上贴着纸，上书：

山门不幸，津送执行。[1]

这里正当斜坡上，坡下的十字路口站着交警。那里瞬间蜂拥驶来三十多辆汽车，一时难于疏通，他只好一边瞅着放鸟[2]的笼子，一边焦急地等待着。他身旁规规矩矩坐着个小姑娘，怀中珍爱地抱着花篮子。他问她：

“已经几点了？”

可是，那小女佣哪里会有手表呢？司机接过话头：

“差十分钟七点，我的手表慢六七分钟啊。”

初夏的黄昏还很明亮。花篮里的玫瑰散发着馥郁的芬芳。禅院里六月开花的一种树木，飘来一股恼人的气息。

“这样赶不上的，能否开得快些呢？”

“除非打右边穿过，然后……否则——日比谷会堂在举行什么来着？”看样子，司机打算回头去接散会的客人。

“舞蹈晚会。”

---

1. 大意是：寺里出了不幸，正在为死者送行。“津送”，禅宗“为死者送行”之谓也。

2. 放鸟：举办葬礼时，寺院施行功德，为笼鸟放生。

“啊？放生这么多鸟，得花多少钱呀！”

“路上一旦遇到葬仪，就不吉利啦。”

听到一阵纷乱的拨翅声，随着卡车驶动的颠簸，鸟群顿时喧闹起来。

“很吉利，据说没有比这再吉利的啦。”

司机仿佛利用汽车表达自我感情，他滑向右侧，一阵加速，超越了送葬的队列。

“好奇怪吧，不妨逆向而思之。”他笑了。但他认为，人的这种习惯的想法是理所当然的。

要去观看千花子的舞蹈，却记挂着这种事儿，倒是挺奇怪的。要说不吉利，比起途中遇到葬礼，将动物的尸体放置他家中更不吉利。

“今晚回去后别忘了把戴菊鸟扔掉，还放在楼上壁橱里了吧？”他对小姑娘吐露了心事。

打从戴菊鸟夫妇死后，已经过去一周了。他想着从笼子里掏出来很麻烦，就先撂在壁橱里了。那壁橱就在二楼的顶头。每有房客，就将鸟笼子下边的坐垫拽出来再放进去。他和女佣已经习惯小鸟的尸体了，都懒得扔掉。

戴菊鸟连同山雀、小花雀、鹪鹩、蓝歌鸲以及长尾山雀，都是体形最小的家鸟。上部是橄榄绿，下部是淡黄灰，脖颈也是灰色，翅膀有两条白带。长羽的外缘是黄色。头顶有一道围绕一圈黄线的大黑线。羽毛蓬松时，黄线历然可见，看上去宛若顶着一片黄菊花瓣。雄鸟则呈现更加浓丽的橙色。圆溜溜的眼睛含情脉脉，喜欢在笼子里上下蹦跳，泼刺翻飞，实在高雅可爱，气度非凡。

鸟店送货时正当夜晚，立即放置在昏暗的神龛上了。过一会儿去看看，鸟儿睡着了。那睡姿实在优美，夫妇相互偎依，各自将头插入对方羽毛，雌雄难辨，简直就像一个浑圆的毛球。

他是个年近不惑的单身汉，心中不由泛起儿时的温馨，他站在矮腿餐桌上，久久凝视着那座神龛。

他在思忖，纵然是人类社会，总会有某个国家幼年时期的一对初恋情侣，沉睡于如此美好的感觉之中吧。他希望有个同他一道观赏如此睡姿的伙伴，但他没有招呼女佣。

从翌日开始，吃饭时，他也把鸟笼子放在桌上，眼睛望着戴菊鸟。每次会客，总是将可爱的小动物置于身旁，形影不离。他并不好好听对方讲话，只顾逗弄歌鸲的幼雏，给它喂食。他时而醉心于用手势训练小鸟，时而将柴犬抱在膝头，耐心地为狗捕捉跳蚤。

“柴犬有些符合宿命论的地方，我喜欢它，时常这样放在膝头或使其坐于房间一隅，它半日里纹丝不动。”

多数时间，他都是这样静等客人自行离去，对客人的面孔瞧都不瞧一眼。

夏天，他把青鳉鱼和鲤鱼秧子放养在客厅桌子上的玻璃缸里。

“或许是我上了年纪的缘故，渐渐地不愿意同男人会面。我讨厌男人，马上就不耐烦了。吃饭、旅行，做伴的只限于女人。”

“那就结婚好啦。”

“这个嘛，倒是找个看起来薄情的女子为好，找不到啊。你明明知道她薄情，依旧觍着老脸同她交际，那最轻松了。我雇用女佣也专挑薄情女子。”

“因为这个，你就饲养动物啦。”

“动物可不薄情啊。自己身边不放点儿有生命的活物，总觉得太冷清。”

他随便应酬着，一边望着玻璃缸内五颜六色的小鲤鱼游来游去，鳞光闪闪，变化无穷；一边想到，如此狭窄的水面竟然会有如此微妙的光的世界。他早已把客人忘在了一旁。

鸟店老板只要有新入手的鸟，就悄悄送到他这里来。他书斋里的鸟已有三十种之多。

“鸟店老板又送鸟来啦？”女佣有些不耐烦。

“这不好吗？单凭这个，我就会高兴四五天，这种便宜货从来没有过啊。”

“不过，我一看到老爷一本正经盯着鸟看，心里就犯嘀咕。”

“那样子好可怕，对吗？我眼看就要发疯，家里也变得鸦雀无声，好不寂寞，对吗？”

然而，在他看来，新的小鸟刚来的两三天，生活非常滋润而满足。他感到天地之可贵。或许因为自己不好，他从世人处无法获得这样的感受。比起贝壳和花草之美，小鸟更加鲜活灵动，早知造化之妙。哪怕成为笼中鸟，那小小的生灵看起来也充满青春的喜悦。

小巧而活泼的戴菊鸟夫妇尤其如此。

可是，刚过一个月，给它们喂食时，一只飞出了笼子。女佣慌忙中，让它逃到了储藏室旁的樟树枝上。树叶晨露瀼瀼，两只鸟儿一只笼中，一只笼外，互相高声呼唤。他立即将鸟笼放在储藏室的屋顶上，竖立一根带黏胶的竿子。它们凄厉地叫了一阵子，逃脱的鸟儿正午时分远走高飞了。这只戴菊鸟来自日光山里。

剩下的一只是雌鸟。想起这对鸟儿交颈而眠的往昔，他一方面拼命催促鸟店老板快些送雄鸟来，一方面亲自踏访各地鸟店，终未找到。不久，鸟店又托人从乡间送来一对夫妇鸟，但他只希望要雄鸟。

老板对他说：

“这是一对，留下一只在店里，它就活不下去了，这只雌鸟干脆白送给你吧。”

“三只鸟能够和睦相处吗？”

“可以的，将两只鸟笼紧挨着放置四五天，就会互相熟悉的。”

但是，他像孩子摆弄新的玩具一样，实在等不下去，等鸟店老板一回去，他就把两只新来的鸟转移到原有一只鸟的笼子里，引起一阵超越想象的喧嚣。新来的两只鸟根本不登栖木，只是噼噼啪啪从笼子一侧飞到另一侧。原有的戴菊鸟恐怖之余，只是伫立笼底，惊悚地仰望着那对新鸟的骚动。两只鸟像遭遇危难的夫妇，相互呼唤着。三只鸟都一味鼓动着怯懦的胸脯。一旦放进壁橱，那对夫妇鸟呼叫着相互依偎，而失伴的雌鸟，独立远处，惶惶不安。

这哪儿行！他为它们分笼。一方面看着夫妇安然，一方面觉得雌鸟可怜。于是，他将原有的雌鸟和新来的雄鸟放入一个笼子里，新的雄鸟同分离的妻子互相呼叫，而与原有的雌鸟并不亲密。尽管如此，不知不觉，它们相互挨着身子睡着了。第二天傍晚，再并作一笼，就不像昨日那般闹腾不休了。一只鸟的身子，从两方分别插入鸟头，三鸟团圆一体而眠。于是，他把鸟笼放在枕畔，也睡了。

不料，翌日早晨醒来一看，两只鸟犹如一团温暖的毛线球睡在一起，另一只鸟却躺在栖木下边的笼底，半开羽翼，伸展两腿，眯细着双眼死了。仿佛为了不让另外两只鸟发现，他悄悄捡出死鸟，瞒着女佣，扔进垃圾箱内。他只当自己残杀了那只鸟儿。

“是哪只鸟死了？”他再次望了望鸟笼，同预料相反，活着的倒像是那只原有的雌鸟。比起前天新来的雌鸟，他更喜爱喂养一段时间的原来那只熟悉的雌鸟。或许是偏爱促使他这样想吧。没有家属的单身的他，憎恶自己的这种偏见。

“既然爱情有差别，为何还要同动物一道生活呢？人不也是挺好吗？”

一般人认为，戴菊鸟很娇弱，容易死掉。但他的两只鸟儿很健康。

打从偷猎者手里弄到小伯劳时候起，为了饲养来自山里的各种鸟儿，他几乎连外出的时间都没有了。他把洗脸盆放在廊缘上，打算给小鸟洗澡。藤花飘散到盆里了。

他一边倾听翅膀搏击发出的水声，一边扫除笼里的鸟粪。这时，墙外传来孩子们的喧闹，从他们的谈论中可以得知，孩子们似乎在为小动物的命运担忧。他怀疑是否是自家的刚毛猎狐幼犬跑到院外了。他从墙上探身张望，原来是一只小云雀，它还站立不稳，在垃圾箱里拼命挣扎。他突然想拾回来喂养。

“怎么啦？”

“对面那家的人……”一个小学生指着桐叶青青的人家。

“是他们家扔掉的，那样会死的啊！”

“嗯，是会死的。”他冷淡地离开墙头。

那家喂养着三四只云雀，这只雏鸟或许将来作为鸣禽的希望不大，才被遗弃的吧。何必要捡回别人扔掉的东西呢？他的善心即刻消泯了。

雏鸟的时候，有的小鸟雌雄难辨。鸟店先从山里将一整窝雏鸟全部带回来喂养，一旦分辨出是雌鸟，随即丢弃。不叫唤的雌鸟没人要。热爱动物，不久就会寻求良种，这是当然的事。从另一方面讲，此种根深蒂固的冷酷是很难避免的。他的性格是，不论看到什么好玩的动物都想占有。不过凭经验知道，这种浮华之心最终等同于薄情，只能使自己的生活更加堕落。如今，不论什么名犬或名鸟，只要经他人之手喂大的，即使白送他也不会要。

因此，他厌恶人类，孤独的他胡乱想象着，一旦成为夫妻，成为父子兄弟，即使对方人格很差，也难以斩断羁绊，只能绝望地共同生活下去。况且，每个人心中都各有一个“我”。

与此相比较，他认为，将动物的生命和生态当作玩具，选定一种理想的模子为目标，进行人工性畸形培育，反而是一种可悲的纯洁，有着神明般的爽适。那些疯狂追逐良种的带有虐待性质的动物爱好者，在他的这份天地里，一方面被当作人类悲剧性的象征而加以嘲讽，一方面又对他们予以宽容。

去年十一月黄昏时分，一个得了肾病还是什么病、干橘子似的狗店老板，路过他的家门，对他说：

“刚才，我干了一件荒唐的事，进入公园后，我放松了链子，夕雾昏暗，只有一会儿工夫没看住它，就跟一只野狗搞上了。我立即将它们拉扯开来，混账，我狠狠地踹狗的肚子，几乎踹得它站不起来。我想不会有事吧。不过，这种令人哭笑不得的事经常有啊！”

“行为不慎啊，你不是生意人吗？”

“咳，我不好意思对人说呀！就那么一转眼的工夫，我就损失四五百元！”狗店老板抽搐着蜡黄的嘴唇对我说。

那只精悍的杜宾猎犬萎靡地紧缩着脖子，目光胆怯地仰头望着肾病患者。雾霭漂流。

那只雌犬在他的周旋下还是能卖出去的。不过一旦到了买主家产下杂种，他也会丢尽脸面的。但是尽管他反复提醒，那位狗店老板或许因为手头拮据，过一阵子，没有让他见到狗就给卖掉了。果然，两三天后，买主牵着狗找到他家里，说买狗的第二天晚上，就产下了死胎。

“听女佣说，她听见痛苦的呻吟声，打开挡雨窗一看，只见狗正在走廊地板底下吞吃产下的小狗崽。她简直吓坏了，因为还未天亮，看不清楚，不知产下几只。女佣所见，似乎吃的是最后一只。马上叫兽医来，据兽医说，狗店不会偷偷地将怀崽的狗出售。这只狗一定是送来前搭上了野狗而怀崽，遭到了殴打脚踹。下崽时的样子很不寻常。又或许有吃小崽的习惯。所以干脆退货为好，全家人非常愤慨。再说，这只被残害的狗也很可怜啊！”

“哦？”他随即抱起那只狗，触摸狗的奶子，“这可是养育过孩子的乳房啊。这次因为是死胎，所以它吃了。”

对于狗店老板的不义行为，他很愤恨，也很可怜那只狗，但脸上的表情显得很麻木。

他家里也曾经生过杂种狗。

他去旅行，不愿和男性伙伴同住一屋。家中也不喜欢为男客留宿，不雇用学仆。虽然同这种厌恶男性的抑郁心情无关，但他养狗也只选母狗。大凡不是特别优良的公狗，一般是不用来做种犬的。售价很高不说，还得像吹捧电影明星那样大肆宣传一番，因此，人气盛衰难以预测，还可能卷入同进口犬的竞争之中，带有赌博的性质。他去过一家狗店，看过作为种犬的著名日本㹴犬[1]。那狗整天钻在楼上的被褥里，一旦有人抱下楼，仿佛成了习惯，以为母狗来了，犹如一个老练的男妓。那狗体毛细短，裸露着异常发达的器官，就连他也转过脸去，心情惶惶不安。

不过，他不愿喂养雄犬并非出自此种缘由。其实是因为，狗产崽育崽，对他来说是最快乐的事。

那是一只性情乖戾的波士顿猎犬，它挖掘墙脚，啃毁古老的竹篱，交配期时明明捆着它，可它咬断绳索外出寻偶。所以，他晓得这只狗会生下杂种狗。不过，当他被女佣叫醒

---

1. 㹴犬：原文为terrier，英国产小型猎犬。

时，就像一位医生吩咐道：

“拿剪刀和脱脂棉来，赶快割断酒桶上的绳子。”

中庭的地面上，洒满初冬朝阳之处，刚刚洋溢着淡淡的清新之气。这天，狗躺着，肚子里露出一个茄紫色的布袋般的一端。它莫名地摇尾乞怜，仰望着主人。突然，他仿佛感受着一种道德的苛责。

这只狗是初潮，身子尚未完全雌性化。因而，从狗的眼神上，还看不出有实际分娩的感觉。

“自己的体内如今到底发生了什么事，它一概不知道，似乎很苦恼，不知如何是好。”它稍稍显得有些难为情，但又一任别人摆布，也不觉得对自己的作为有何责任。

由此，他想起十年前的千花子。那回她卖身于他时，脸上的表情就像这只狗的脸孔。

“你说做上这种生意就逐渐麻木不觉了，果真如此吗？”

“那也不好这么说，如果碰到你喜欢的人，就不会。还有，对方是固有的两三位熟人，那就不能说是生意了。”

“你很喜欢我吗？”

“怎么，这也不行吗？”

“没有啊。”

“是吗？”

“嫁人时就明白了吧。”

“是会明白的。”

“该怎么做呢？”

“你以前是怎样的？”

“你的夫人是怎么做的呢？”

“这个……”

“告诉我呀。”

“我没有老婆。”他有些莫名其妙地望着她那认真的表情。

“很像是她，所以很内疚。”他抱起狗，转移到产箱里。

狗很快产下一个胞衣崽儿，母狗似乎不知如何是好。他操起剪刀，将胞衣撕开，剪断脐带。下一个胞衣更大，青绿的羊水里裹着两只死胎。他动作麻利地包在报纸里了。接着，又产下三只来，都是胞衣崽儿。下面第七只，是最后一胎了。小崽儿在胞衣里蠕动，但已经萎缩了。他稍微望了一会儿，迅速卷在报纸里。

“找个地方扔掉吧。西方人有着优生的习惯，发育不好的婴儿会被杀死。这种办法固然能培育出良犬来，但情感型的日本人做不到。快给母狗喂生鸡蛋吧。”

他洗洗手，又钻进被窝。新的生命诞生了，他心中充满新鲜的喜悦，真想到大街上转悠一圈。他完全忘记了自己亲手杀死过一只小狗崽。

一天早晨，他刚从蒙眬中醒来，一只小狗崽死了。他挑出来放进怀里，趁着晨起散步扔掉了。两三天后，又有一只变冷了。母狗营造狗窝，胡乱扒开稻草，狗崽被埋在里头了。

狗崽儿没有力气扒开稻草，母狗不但不把狗崽叼出来，还压在身底下的稻草里，自己睡在稻草上面。夜间，狗崽有的压死，有的冻死。就像人世间愚蠢的母亲，使得婴儿吃奶时乳房堵住嘴窒息而死。

“又死了一只。”他又把第三只小死狗草草揣在怀里，吹着口哨呼唤来一群狗，一起奔向公园。那只波士顿猎犬四处奔窜，嬉嬉而乐，似乎根本不知道自己害死了多少亲生儿。此时，他又蓦地想起千花子。

千花子十九岁时，被一个投机商带到哈尔滨，三年间在那里跟一个白俄人学跳舞。那个男人一无作为，穷困潦倒，完全失去生活的能力。随后，他让千花子加入满洲歌舞团巡回演出，两人好不容易回到内地。在东京待上一阵子之后，千花子抛开投机商，和满洲一起来的乐团伴奏结了婚。此后，参加各地演出，还举办过个人专场舞蹈会。

那时候，他也算是一位关心乐坛的人，但与其说是理解音乐，实际上不过是为某家音乐杂志月月出点儿钱罢了。然而，为了同熟人闲谈时不缺谈资，他常去听音乐会，也观看了千花子的舞蹈，为她身体“野蛮的颓废”所吸引。他想起六七年前的千花子，同那时比较，究竟是何种秘密使她的野性得以苏醒？他为此感到百思不解。他甚至想，那时候自己为何不同她结婚呢？

但是，举办第四届舞蹈会时，她的肉体的力量猝然迟钝了。他乘机走向后台，不顾她正穿着戏装、洗去脂粉，拉住她的衣袖将她带往晦暗的舞台后面去。

“请放开，一旦有所触及，乳房就疼痛。”

“那可不行啊，为何要干那种傻事呢？”

“我一向喜欢小孩子啊。说实话，我真想有个自己的孩子呢。”

“你想生孩子？凭那种小女子情绪，怎么专心从艺呀？有了孩子，怎么办？还是趁早注意吧。”

“但是实在没办法啊。”

“甭说傻话啦，女艺人一个个都去养孩子，哪叫人受得了啊。你丈夫怎么想的呢？”

“他可宝贝啦！”

“哦？”

“以前做过那种事的我，现在也有了孩子，多么令人高兴啊。”

“那就不用跳舞了。”

“那怎么行！”

她的声音出乎所料地激动起来，因而，他沉默不语了。

然而，千花子没有再生第二胎，第一个孩子也没见待在她身边。或许就是这个缘故，他们的夫妻生活随之变得黯淡而不和谐了。此种风闻偶尔也会传入他的耳朵。

正如这只波士顿猎犬一样，千花子并没有一心扑在孩子上。

对于小狗崽，他只要想救是可以救活的。第一胎死后，他若把草秆剁得细碎些，或者上面铺一块布片，就可以避免后来的死亡。这一点，他很清楚。但是，剩下的最后一只，不久也随着它的三兄弟的死法而去了。他并不想让小狗死掉，但也不认为它们必须活着。这种冷淡的态度，或许因为这些小狗都是杂种。

每每会有路旁的狗随他而来。走在遥远的道路上，他曾一边同这些狗对话，一边返回家中，喂它们食物，让它们睡在温暖的被窝里。狗们似乎也很能领会他的慈悲之心，为此而深感慰藉。不过，打从养了自家狗之后，他再也不理睬路旁的杂种狗了。人或许也是如此，他既蔑视世人的家族，又嘲笑自己的孤独。

对于小云雀也是如此，一开始他想养育小鸟的慈善之心，转眼间消失了。他认为，捡拾人家丢弃的小鸟毫无用处，于是听任孩子们将那鸟儿摆弄至死。

当他去看小云雀的时候，他的戴菊鸟水浴太长时间了。

他连忙将泡水的鸟笼子从盆里提上来，两只鸟儿都倒在笼底，像濡湿的破布，纹丝不动。他放在掌心观察，两只鸟的爪子微微颤动。

“太好啦，还活着呢。”他兴奋地说。

其实，小鸟紧闭着眼睛，小小的身子已经彻底冰冷，看样子救不活了。但他仍然握在手里，放在长火钵上熏烤，一边吩咐女佣为添足的煤炭扇火。羽毛腾起热气，小鸟痉挛地抽动起来。本以为它会因浑身灼热而惊恐，随之产生同死亡战斗的力量，但他的手再也耐不住火焰的炙烤，随之将手帕铺在笼底，将小鸟放在上面，用火熏烤。手帕烤黄了变焦了，小鸟不时弹跳似的，啪嗒啪嗒张开羽翼，扑扑棱棱站不起来，不久又闭上了眼睛。羽毛全然干了，然而一旦离开火钵，身子就栽倒，看来不可能再活了。女佣访问喂养云雀的人家，听说小鸟娇弱的时候，可以饮以粗茶，裹上棉团。于是，他将小鸟包在脱脂棉里，用两手捧住，使鸟嘴插入冷凉了的茶水里。小鸟果然喝水了！不一会儿，让它接近捣碎的食饵，它伸长脖子啄食起来。

“啊，终于还阳啦！”

多么令人爽适的喜悦啊！仔细一想，为了救活小鸟，他已经花去四个半小时了。

两只戴菊鸟好几次想登上栖木，但都掉了下来。足趾似乎张不开。捕在手里用指头触一触，爪子缩在一起，硬挺挺的，仿佛一根就要折断的枯枝。

“老爷，刚才不是用火烤过吗？”

经女佣提醒，他发现鸟腿颜色变得干黄，糟了！想到这里，他满肚子无名火起。

“托在我的手心里，要么躺在手帕上，鸟爪怎么会烤焦呢？要是明天鸟爪子还不好，那将怎么办呢？只得到鸟店求救啦。”

他锁上书斋，闭门不出，把两只鸟爪含在嘴里焐热，舌尖的触感使他渗出怜悯的泪水。不一会儿，手心的汗濡湿了翅膀。经唾沫温润，小鸟的爪子稍稍柔软了。他又怕动作粗疏弄断了鸟爪，首先将一只爪子小心捋直，扣在自己的小手指上，尔后再把鸟腿含在嘴里。他拆掉栖木，将食饵拨到小碟里，放在笼底。不过，小鸟的腿脚不灵活，还是不能自由站起来啄食。

“老板说了，或许就是因为老爷烤焦了鸟爪子。”

翌日，女佣打鸟店回来对他说。

“他说，可以用粗茶焐一焐鸟爪子看看。一般来说，小鸟自己啄啄爪子就会好起来的。”

可不是嘛，小鸟不住用喙尖敲敲爪子，一会儿又含在嘴里拉扯一下。

“爪子啊，到底怎么啦？坚强起来吧！”

它以啄木鸟的气势，用力叨啄自己的爪子，很想凭借一双不太灵活的腿脚，果敢地站立起来。它似乎不明白，身体的那一部分怎么会变坏了呢？真是百思不解啊！面对这个小动物的生命的闪光，他真想大声鼓励它一番呢。

他又将鸟浸泡在茶水里，但似乎还是含在人的嘴里更有效。

这两只戴菊鸟都不太亲近人，以往抓在手里，胸脯就突突跳动。可在爪子受伤的最初一两天里，待在他的手心里全然混熟了，不但不怎么胆怯，而且一边欢快地鸣叫，一边也能被捧在手里啄食了。鸟儿的这个变化，更增加他的怜爱。

然而，他看护小鸟效果不佳，失之怠惰。缩在一块儿的鸟爪子沾满了鸟粪。到了第六天早晨，戴菊鸟夫妇互相依偎着身子死去了。

小鸟的死实在太无常了。多半都是早晨看到鸟笼子里有意想不到的尸骸。

他家里最早死的是红雀。这对红雀夜间被老鼠咬断了尾巴，笼子里沾满鲜血。雄鸟第二天死了，而雌鸟迎来的一只又一只雄鸟也都相继死去，唯独它自己，露出红通通的猴子般的屁股，活了很长时间。到头来因极度体衰而死去。

“家里养不活红雀，早已不养了。”

原来，红雀这类女孩儿爱养的鸟，他不喜欢。比起散食的外国鸟，它更爱喂养朴素的本国碎食鸟。[1]即使都属于鸣禽，他对金丝雀、黄鹂和云雀等鸣声华丽的小鸟不感兴趣。他之所以喂养过红雀，那是因为是鸟店送给他的，死了一只

1. 此处的“散食”与“碎食”原文分别是“播饵鸟”和“擂饵鸟”，前者指散养、以米谷类为食饵的禽类，如鸡鸭等；后者指以河鱼、米糠和青菜等人工食饵为主的鸟和鱼类。

又买一只，仅此而已。

不过，就拿狗来说，他养过一只柯利犬[1]之后，就一直不想让它断种。向往与母亲相似的女性，喜欢像初恋情人般的女子，希望同死去的妻子一样的女人结婚，不也是出于此种想法吗？他同动物相伴而生活，只因为想要享受更加自由的傲慢带来的寂寞难耐。于是，他不再饲养红雀了。

红雀之后死去的黄鹡鸰，腰部以后皆呈黄绿色，腹部为黄色。它那柔和淡雅的体形，富于枯竹疏林之趣。尤其是同他混熟了之后，不肯进食时，他若亲手喂食，小鸟就会震颤着半开的羽翼，可爱地鸣叫着，高高兴兴地啄食起来。小鸟甚至还顽皮地想叨啄一下他脸上的黑痣。他在客厅里放生，小鸟捡拾咸饼干屑什么的，吃多了撑死了。其后，他很想再买一只，但又作罢了，随之将一直没养过的红歌鸲送进空鸟笼里。

那对戴菊鸟，不论是溺水还是伤爪，完全是他的过失造成的。因而，他对戴菊鸟的思念之情一时难以了断。鸟店老板很快又给他送来一对儿，尽管是体形很小的鸟儿，这回他一直守在水盆旁边不离开一步，不过水浴的结果同上回一样。

---

1. 柯利犬：Collie-rough Coated，苏格兰粗毛牧羊犬。

将浸水的鸟笼子从盆里提出来时，鸟儿扑棱棱震颤着翅膀，闭着眼睛，但好歹还能站立，比上次好多了。这次他也有心留意不再烤焦鸟的爪子了。

“又搞砸了，生起火来吧。”

他心情冷静下来，有点儿难为情地说。

“老爷，干脆让它死掉，怎么样呢？”

他突然惊醒般地甚感惊讶。

“上回很容易就救活了。”

“即使救活了也不会太长久。上回，爪子烤成那样，我都想还是早点儿死了好。”

“想救是可以救的。”

“还是叫它们死去吧。”

“那样行吗？”

他即刻感到意识模糊起来，身体很衰竭。于是，他默默登上二楼的书斋，把鸟笼放在透过窗户照射进来的阳光中，眼睛蒙眬地望着戴菊鸟死去。

他祈求太阳的热力能够将小鸟救活。然而，他不由得悲从中来，仿佛眼睁睁看着自身的惨状，他不可能再像上回那样，为救助小鸟的生命而拼命折腾了。

小鸟渐渐断气了。他从笼子里掏出湿漉漉的死骸，托在手心里好大一会儿，然后又放回笼子，塞进壁橱。接着，迈动双腿，走下楼梯，漫不经心地对女佣只说了一句话：“死了。”

戴菊鸟体形小巧娇弱，很容易死去。但他家中相同体形的长尾山雀、鹪鹩以及山雀等，都活得很好。戴菊鸟两次水浴都给弄死了，他认为这或许是命中所定吧，例如死了一只红雀，那么这个家就很难再养红雀了。

“我和戴菊鸟绝缘啦。”

他笑着对女佣说，躺倒在餐厅里，听任小狗们拉扯他的头发。他从并排的十六七个鸟笼子里挑选一只猫头鹰，带到书斋里去了。

猫头鹰看着他的脸孔，怒张着圆眼，短缩的脖子不停转动，嘴里吱吱鸣叫，呼呼地吹气。据他所见，这只猫头鹰在他盯着看时，什么也不吃。他用手指夹着肉片靠近它，它愤然叼住，一直把肉片挂在嘴边，不想吞进肚子里。他曾经一直熬到天亮，似乎同鸟儿比谁更耐心。他在旁边，鸟儿根本不肯朝食罐瞅一眼。身子也一动不动。到了天色朦胧亮时，猫头鹰也许饿了，可以听到爪子顺着栖木向食罐移动的声音。他回过头去，只见鸟儿高耸着冠毛，眯细眼睛，带着一副阴险而狡猾的表情，向食饵那里探头探脑。鸟儿猛然抬起头，朝他狠狠吹气，随后摆出一副素不相识的样子。他故意不看鸟儿，其间，再次听见猫头鹰的爪子滑动的声响。双方视线碰在一起，鸟儿又随即离开食饵。如此反复多次，这时伯劳早已高声唱起欢乐的晨曲。

他不但不憎恶猫头鹰，反而将鸟儿看作愉悦心情的慰藉。

“我在寻找，有没有这样的女佣呢？”

“嗬，你也有谦让的时候啊。”

他带着不悦的神色，不再望着那位朋友。

“唧唧，唧唧。”他呼唤身边的伯劳。

“唧唧，唧唧，唧唧，唧唧。”伯劳仿佛要吹走身边的一切，高声回应。

虽然与猫头鹰同属猛禽，但这只伯劳不失喂食时的亲密，像个撒娇的小姑娘一样接近他。听到他外出归来的足音，或者轻声的咳嗽，小鸟都鸣叫着回应。一旦飞出笼子，总是在他的肩膀、膝头绕来绕去，欢快地颤动着羽翼。

他将伯劳置于枕畔，代替闹钟。早晨天一亮，只要听到他翻身、动手，或整理一下枕头，小鸟就“恰恰恰”地对他撒娇。哪怕听他咽唾沫，鸟儿都要对他“唧唧唧”应答一番。过不多久，就高声呼叫他起床，宛若生活之朝的一道闪电，猝然划过天宇，为他带来欢乐与爽适。同他多次对话之后，等他完全清醒过来，伯劳就模仿各种鸟儿，静静地鸣叫着。

伯劳首先使他感到“今日也很难得”，接着便是各种鸟鸣持续不断。他身穿睡衣，手指蘸着食饵给伯劳吃，空腹的鸟儿猛烈咬住手指，他权当对他的爱而接受下来。

哪怕出外旅行一个晚上，梦中也是离不开动物，常常使他半夜里醒来。所以，他几乎不离开家门。这一习惯逐渐发展成怪脾气，有时独自一人外出访友或购物，半路上觉得太孤独，受不了，又立即折回家来。没有女伴一道出行时，不得已只好叫小女佣作陪。

他既然去观赏千花子的舞蹈，又叫小女佣怀抱花篮，这就不大会随便吩咐一声“算啦，回家吧”。

当晚的舞会由某家报社主办，十四五位女舞蹈家竞相演出。他有两年多不曾观看千花子跳舞了。这回，他不去看她的舞蹈的堕落。对于野蛮的力的流连，只不过是庸俗的谄媚，舞蹈的基础形态连同她肉体的张力一起，完全崩溃了。

纵然司机那么说，可碰上葬仪，家里又有戴菊鸟的尸骸，借着种种不吉利的形象为口实，他叫小女佣将花篮送到后台去。听说她很想同他见面，但看了刚才的舞蹈，同她详谈起来也不会愉快。所以只趁着幕间休息，他立即赶往后台。他没有突然在入口停下，而是迅速躲进门后。

千花子正在叫一个青年男子为她化妆。

她静静地闭着双眼，稍稍向前伸着脖颈，一副任意交由对方摆布的样子。她那一直不动的白皙的面孔，还剩下双唇、眉毛和眼睑没有描画，看起来犹如没有生命的偶人，简直就是死人的面影。

将近十年前，他曾经想同千花子一道情死。当时，他成天念叨着“想死，想死”，这两个字几乎成了口头禅，但又找不出非死不可的理由。他每天独自一人同动物守在一起，其实这种想法，只不过像漂浮于此种生活水面上的泡沫罢了。

千花子呢，似乎有人从别处为她带来这个世界的希望，她一味茫然地任人摆布，他觉得这还不能算是活着。因而，他感到千花子可以作为情死的对象。果然，从千花子的表情可以得知，他并不明白自己所做的一切有何意义。她只是一口答应下来，仅仅提出一个要求：

“请把我的脚绑紧，据说死时会吧嗒吧嗒踢裙子呢。”

他一边用细绳子捆绑着，一边赞叹眼下她的一双美足。

“人家也许会感到惊奇，那小子竟能同如此漂亮的女人死到一起去。”

她背朝他而卧。天真地闭着眼睛，稍稍伸长着脖颈。接着，双手合十。仿佛天边一道闪电，他被难得的虚无击倒了。

“啊，不能死啊！”

他既不想杀人，也无意寻死。他不知道千花子是真心想死，还是故作玩笑。看她表情，似乎两者都不是。那是仲夏的午后。

不过，他似乎因什么而惊讶万分。自打那之后，他既不想自杀，也不把这个口头禅挂在嘴边了。当时，一个声音在他心底响起：不管发生什么事，他都必须永远感谢这位女子。

千花子将舞蹈化妆委托给青年男子，这使他想起她过去双手合十时的面容。刚才在汽车里浮现出的白日梦，亦即如此。即便是夜间想起千花子，他也会产生错觉，仿佛包裹于盛夏白日令人目眩的光明之中。

“不过，自己为何突然躲在门后头呢？”

他自言自语沿着走廊折回头。一个男子亲切地同他打招呼，他一时想不起来这人是谁。而对方颇为兴奋：

“还是那么优秀啊，这么多人一起跳，更显出千花子最出色。”

“啊！”他想起来了，那人是千花子的丈夫——乐团伴奏。

“最近怎么样啊？”

“啊呀，本来想去看望您的。去年底，我同那女子离婚了。不过，千花子的舞姿出类拔萃，实在优秀！”

他想自己也得找出一些好听的话，不知为何心里发慌，憋闷得喘不出气来。于是，他脑子里浮出一句话。

正巧，他怀中有一部十六岁死去的少女的遗稿。他最近阅读一些少男少女的文章，感到无比快乐。十六岁少女的母亲，为遗体化妆，在女儿去世当天日记上最后一页，写下了这样的句子：

生来初化妆，娇美新嫁娘。

母亲的初恋

一

佐山叮嘱妻子时枝，不要再叫雪子做洗洗涮涮的活计了，婚礼时搽不住白粉不好办。

按说，这种事，作为女人家的时枝本应主动关心。何况雪子又是佐山旧情人的女儿，有这层关系，佐山不便向时枝直接提起这类事情。

不过，时枝倒也没怎么显得不情愿。

“是呀。”她点点头，“至少得跑两三趟美容院，对化妆适应了才行。不然的话，到时一下子搽很厚的白粉，恐怕不习惯。”

说罢，她喊雪子:

“雪子，你不要再做饭洗衣服了。杂志上经常说，婚礼时手太粗糙了，会很难看的……还说，睡觉前要搽护肤霜，戴上手套休息。”

“嗯。”

雪子从厨房里擦着手出来，跪坐在门槛边倾听着。她脸色没有红，低着头又回去烧菜了。

这是前天傍晚的事。今天中午，雪子依然在厨房里忙碌着。

看样子，直到举行婚礼那天，雪子都要做好早饭才肯出门吧。

佐山琢磨着，定睛一看，雪子正端着小盘儿，舀起一勺汤，伸着舌头细细品味，高兴地眯细着眼睛。

“好可爱的新娘子啊！”

佐山好奇地走过去，轻轻拍拍她的肩膀。

“你烧着菜，在想什么呢？”

“烧着菜？”

雪子答不出话来，一时愣住了。

雪子喜欢做菜，打女校三年级开始，一直充当时枝的下手，去年刚毕业，就能独自操作了。如今，时枝有时会叫雪子过来调味：

“雪子，快来瞧瞧看。”

眼下，雪子就要出嫁了，佐山才猛然想起，雪子和时枝的厨艺完全是同一种味道。

就算是母女俩或亲姊妹，也不见得能烧出口感如此一致的菜肴。佐山回忆起乡下老家的两个姐姐，出嫁前都学过烧菜的本领，可小姐姐烧的菜总是甜味太重，一直成为大人的笑料。

佐山偶尔回一次乡下，虽然对老母亲做的饭菜很怀念，但早已不合自己的口味了。照这么说，如今佐山家的口味，或许是时枝从娘家带来的。雪子十六岁被领回来，完全接受了时枝的口味。她也要将这种口味带到婆家去。说奇怪倒也奇怪，这类事一定还有很多很多。

雪子做的饭菜能符合丈夫若杉的口味吗？

佐山越发关爱着雪子了。

他走进餐厅，抬头看看鸽子挂钟，高声叫道：

“喂，快点儿，我要赶一点零三开往大垣[1]的火车。”

“来啦。”

雪子迅速端来饭菜，招呼在后门口砸木炭的女佣。

雪子也一起坐下，照顾佐山和时枝吃饭。

佐山看看雪子的手，倒也没有因为洗涮而变得特别粗糙，或许生来一副白皮肤，又只有十九岁，手腕子鲜嫩嫩的，散发着温馨的馥香。

---

1. 大垣：岐阜县西南部城市。

佐山不由得笑了笑。

时枝抬起眼睛：

“笑什么呀？”

“瞧，雪子戴戒指了。”

“哎呀，不是订婚戒指吗？我说，既然是对方送的，就让她戴上了。这有什么好笑的呢？”

雪子脸红了，摘掉戒指。看样子她有些慌乱，将戒指藏在坐垫底下。

“对不起，对不起。没什么好笑的，怎么说呢。我这个人呢，有时有爱笑的毛病。寂寞的时候，常常也会一个人发笑。”

佐山不住地辩解，雪子依旧绷着脸，似乎坐不下去了。

佐山为何笑，自己也弄不明白，但雪子那副羞惭的样子也非比寻常。

佐山换上旅行的西装，因为吃过饭了，随即走出家门。

雪子拎着皮包，抢先出了大门。

“给我吧。”

佐山伸过手去，雪子悲戚地仰望着佐山的脸，摇摇头。

“我送您上汽车。”

看来她有话要说，佐山想。

佐山去热海，是为雪子和若杉的蜜月旅行订房间的。

佐山特意走得很慢，可雪子什么也没说。

“你喜欢什么样的旅馆呢？”

这问题佐山已经问了好几次了，这时又问了一遍。

“就照叔叔满意的订好了。”

雪子默默站立着，直到汽车进站。

佐山乘上车后，雪子还在目送着他，过了一会儿，又把一封信投进路边的邮筒。她投信时并不显得轻松，似乎迟疑了一下，动作很沉静。

佐山透过车窗，回首眺望着站在邮筒前的雪子的背影。他想，也许该让那孩子长到二十二三岁再结婚为好。

刚才的信上，好像贴着两枚四分钱的邮票，究竟是发往哪里的呢？

二

正如时枝所言，要订蜜月旅行的旅馆，只要打个电话或发张明信片就解决了。但佐山借口顺便搜集写剧本的素材，要亲自去走一趟。

雪子打记事时候起，就一直为继父的行为与家境的贫困所苦，后来被佐山家收养，虽说安定下来，也仅仅是有个着落的地方。要是寄养在亲戚家里，那倒也罢了。问题是这种关系来自一段奇妙的姻缘。在她看来，或许是被关进监牢里了。

只有通过结婚，才会拥有自己的家庭和生活。

佐山决心使得雪子从结婚的第二天早晨开始，就从这种强烈的解放和独立的意识中觉醒过来。他要为她寻找一家风景优美的宾馆，让她觉得仿佛脱出洞穴，走向旷野，云开雾散，晴空万里。

面南的可以展望大海和港湾的热海饭店等倒也合适，但饭店的布局不太好，而且馆内住着众多的新婚伴侣，彼此聚合在一块儿，性情内向的幼妻雪子将难以应酬。再说，近期旅馆时兴的专供狎妓游乐的厢房[1]式经营，也显得过于露骨了。

最后，佐山选择了一家古老的出租别墅式旅馆，厢房点缀于树木和丘陵组合的广阔的庭院之中，瀑布、水池自然天成，风景闲雅，使人觉得好像待在自己家里。也有温泉浴场，位于一座近山小镇的郊外，十分理想。

佐山从庭院里窥视其中一间稍远的厢房，觉得有些昏暗，但立即决定下来，接着就回到主楼自己的房间。

心里想着无所事事度过两天倒也愉快，因此没有带一本书。坐了两个小时，佐山已经感到十分无聊。

“这种日子，真是没意思。”

他独自嘀咕着。

---

1. 厢房：原文为“待合风之离”（machiaifūno hanare），独立于主建筑之外的间隔分离性房间。

佐山立即觉察到，思索和想象的泉水似乎已经干涸，太可怕了。

究竟被什么所骗，才过着这种看似忙忙碌碌的日子呢？

电影厂的工作不算多。尽管四十刚出头，作为影视作家的佐山就已经退隐，不一定每天去厂里坐班了。改编那些无聊小说的任务，也一并交给了年青一代。他只是与那些志同道合的老导演结成对子，随便写写自己喜欢的东西。看来，这主要仰仗于他多年的功劳，同时也说明自己牢固的地位。

然而，反过来想想，这也意味着自己不再是在职的影视作家了。对于电影厂来说，变成一个无用的人了。

电影人气的骤变，虽说早已司空见惯，一旦降临于自己头上，好似一位当红的女星不得不转而担任老年配角一样狼狈，佐山这阵子也感到不安起来。

是作为影视作家力求东山再起，还是离开电影厂重新捡起旧有的行当，回到戏曲编导上呢？佐山一时犯起了犹豫。

一家大剧院邀请他为明年二月的公演写剧本，这是阔别已久的戏曲事业，佐山将此看作转机，打算在温泉旅馆静静地构思一番。

不料，以往自己写惯了的电影画面，断断片片浮现出来，弄得佐山很是头疼。这些场景里出现几个当下早已不知去向的女明星，简直就像过往的亡灵。

不管如何将这些画面勉强连缀在一起，只是组合出老套的电影故事的情节，根本显示不出自己的特色。如今他后悔了，不该为此而舍弃青春年华。

不过，一旦要丢掉隶属于制片厂影视作家的思维方式，又立即坐不住了，脑子里一片空白。

“要不要把老婆叫来呢？”

无聊至极，佐山笑了，慢悠悠刮起胡子来。

时枝虽然比佐山小十一岁，但成天关在小家庭中，一心扑在孩子们身上，几乎忘记了自己的青春年华。佐山认为这是合乎天理的。像自己这般出于职业需要，今后在某一点上，还要同孩子竞争青春的人，迟早要遭受老天爷的责罚。

佐山记得，雪子的母亲民子刚刚三十二三岁，浑身的骨节就像散了架，一副疲惫不堪的样子。

隔了十多年，他见到了旧情人。

“我为您的成功，实在感到高兴。”

那时民子打心眼儿里信任佐山。经她面对面这么一说，佐山也未加否定。

民子又说道：

“您的大作我一直都在观看，还经常带孩子一起去呢。”

佐山很意外，听到“大作”这词儿，立即脸红了。一部电影，由小说家原作改编，再经导演执导演出，作为一名编剧，属于他“大作”的部分又有多少呢？再说，编剧要听取各方面的意见，并不随他自由。眼下被说成是佐山一人的

“大作”，听起来反而觉得带有讽刺的意味。

然而，这不是编剧诉苦的时候，佐山转换话题，问起民子的孩子。那孩子就是如今即将出嫁的雪子。

那是六年前的事，当时妻子时枝领着孩子购物回来，发现有个女子扒着门板向家里窥探。

时枝打算绕到后门去。那女子看到时枝，顿时像偷食的猫儿一样逃走了。但她还没有跑到大路边，就撞在人家的板壁上，随之蹲伏下来。

时枝有点儿害怕，她向佐山报告：

“您快回家看看。”

或许是同电影厂有关系的女演员吧？佐山立即回家去，没有看到一个人。他问时枝，到底是个什么样的女人。

“打扮得并不奇怪，像个病人。”

“病人？”

夫妻俩正说着，门口传来女子的声音。

时枝睃了佐山一眼，出去应酬了。她满脸不悦地一回来就说：

“知道吗，是民子。”

“民子？”

佐山猝然站立起来，时枝带着拷问的口吻问道：

“您要见她吗？”

佐山慑于时枝的严厉表情，支支吾吾地说：

“哦？为何……”

“没出息。”

她冷笑一声，佐山正要走向门口，时枝高声喊叫两个孩子，打后门出去了。

佐山吃了一惊，他想对时枝说声“对不起”，可又有些窝火。

背叛他的旧情人突然来访，自己主动出外迎接，确实不像样子，对于现在的妻子，简直是无可忍受的侮辱。

然而，佐山只是想着对方多半是来告贷的，已不再具有往日情人的那份感情了。

门口的民子肯定也听到了时枝的吵闹，佐山觉得很难为情，只好代替妻子撑撑门面。

他强打精神，平静地把民子领进书斋。

“您夫人想必把我当成一个不要脸的女子了吧？”

民子絮絮叨叨地说。

“要是不在门口碰见夫人，今天也就回去了。前一阵子，我曾来过两三趟，想到自己如此不顾脸皮，终于没敢迈进您家门槛。”

民子可怜兮兮地说。她很怀念佐山，态度让人感到不光是口头上，而且打心里想着他。

这倒是让佐山觉得自己对不起民子，仿佛做错了什么事。

他问她日子过得怎么样，民子宛若面对一位非常了解自己的老相识，将自己的境况详详细细诉说了一遍。民子第一个嫁的男人，患了结核病，回到男子家乡，民子照料他四年，直到死去。她拖着个女儿，同现在的丈夫根岸再婚，已经五年了。

“我可吃尽了苦头啦。真是罪有应得。想当初，一手放过自己的幸福，所以落得这般田地。心情不好时，我就想起佐山君您，心情愈加悲伤。我太任性啦。”

她说，自己背叛了佐山，自当受到报应。要是跟佐山结婚，该有多么幸福。

根岸本是在朝鲜流浪的矿山工程师，回到内地后仍然不肯抛弃投机心理，即便侥幸获得在矿山工作的机会，也因为立马暴露自己的野心而被开除。很多时候不知道他身在何处。民子也只好跑遍各处山野，追寻丈夫。偶尔落脚于东京，根岸便叫民子到酒馆等地打工赚钱，有点儿小积蓄之后，又重新跑出家门。

民子常年硬撑，身体出了毛病，心脏不好，又有腰病，就连医生都感到惊讶，这样的身体居然还能日夜劳作。先前时枝发现她出逃时，民子眼睛突然看不见，昏昏沉沉倒在地上了。她时常倒地，心想早晚就会这样跌死的。

民子面无血色，手臂青黑，瘦骨嶙峋，毛发稀薄。

民子说，这回她终于决心同根岸离婚。

提起这事，她随即开口说想开办一家咖啡馆，以便解决自己和女儿娘儿俩的生计。因而，想向佐山借上五百日元。

五百日元，开不成一座好店。流行病般不断蔓延的同类行业中，能很好地站住脚跟吗？民子这副身子，看来也很勉强。

不过，民子说：

“附近有一家好的店面，老板要迁回老家，他说如果我愿意接手，可以便宜些转让给我。因为只换个主儿，明天就能接管过来。女儿也很憎恨现在的父亲，她一定很乐意开商店。”

“几岁了？”

“十三岁了。马上就从学校毕业了。她可以做我的帮手。”

民子还很有兴致地就咖啡馆的情况和地点诉说了一番。

佐山说手里没有五百日元的钱，婉言拒绝了她。筹一筹也不是绝对不可以，但他手头没有闲钱。

对于认为佐山已经“成功了”的民子，她似乎很难相信这一事实。然而，一开口就碰一鼻子灰的民子，或许已经醒悟，觉得真不该跑来向佐山告贷。她说怪难为情的，于是呼天抢地地大哭起来了。看样子，她彻底垮了。

由于两人没有肉体关系，所以，借钱的事根本不可能实现。

佐山又问起孩子的事。他希望至少从她女儿身上，能够联想起昔日恋人的面影。

“她很像你吗？”

“不，似乎不太像。眼睛大大的，都说长得很可爱呢。应该带来才好啊。”

“可不是嘛。”

“孩子看了佐山君的电影，我也经常对她讲述关于您的情况，所以雪子对您也很了解。”

佐山一脸苦涩。

时枝还没有回家，因为带着孩子一道出去的，佐山也不用担心。

民子想起如今的苦楚和往日的感情，继续哭诉着。她突然说道：

“佐山君，您倒是挺认真的啊……”

她满怀感慨地说。

佐山不懂她的意思。民子心中想的是，她同根岸分手开办咖啡馆后，寻求佐山的照顾呢，还是只为了怀念佐山的人品专门来看他的呢？

民子一待就是两个小时。

时枝到天擦黑之后才回家。她看看佐山的样子，不安似乎消失了。她不再一味计较民子的事了。佐山告诉她，民子到底是来借钱的，还讲述了不少关于民子的身世的事。

“亏她能跑来开口找您借钱，您打算借给她吗？”

“我手头没钱借给她呀。——刚才你去哪里了？”

“去公园了，带孩子玩玩。”

三

在雪子将来蜜月旅行停宿的热海温泉旅馆里，佐山又想起雪子母亲的话：

“佐山君，您倒是挺认真的啊……”

听起来像是对他的嘲讽；另一方面，又似乎是抱怨自己没有找个好男人的命运。

帮忙处理好民子的葬礼，又安排雪子结婚等事宜，这无疑也是佐山的认真，以及时枝善于体恤人心的结果。

民子来后，过了两个月，一天傍晚，佐山从电影厂回家。

“今天民子又来了。”时枝对他说。

“还带着孩子。”

“哦？带着孩子？怎么样的一个孩子？”

“相当漂亮，挺可爱的。比母亲长得好看。要是您的孩子就好玩啦！”

时枝调侃说，她如此冷静，倒是稍稍出于佐山意外。

“她们进来了吗？”

“嗯，一直待到刚才才回去，说了好多话。听起来，她是个可怜的人儿。话老是说个没完。”

时枝对民子没有任何反感了，她好像很同情民子。而且，她对同情别人的自己感到很满意。

民子已经无力威胁他们家的和平了。时枝和民子两个女人能够推心置腹交谈，倒很出乎佐山的意料。

如今，从表情上看，时枝比佐山更详细了解民子的身世。

“她说她和那位矿山工程师根岸已经离婚了。”

“离婚了？她开起咖啡店了吗？”

“好像还没有。”

她只是为了孩子的前途而考虑，真是个了不起的女人。时枝说道。

打那以后，民子没再来过。半年过后，佐山在银座偶然遇见民子。

民子又很怀念佐山，她跟着他走了。

在提到时枝夸奖民子的孩子时，民子扑哧一声，高兴地笑起来。民子也希望佐山看一眼雪子，已经亲自寻找起出租车了。

佐山不太情愿立马被硬拖着去。

“就一个人，您完全不必介意。”

民子说。

麻布十番后街的家里，身穿水兵服的雪子坐在粗糙的书桌前用功。看来，她上女校了吧。

民子叫她打招呼，雪子走过来，行了少女的礼。其后，默默低着头。她似乎表示用不着母亲介绍，她很熟悉佐川。

“别客气，好好看书吧。”

佐山一说，雪子微笑着点点头。但她还是坐在佐川面前。

家里什么家具都没有，收拾得很整齐，反倒显得很寒酸。似乎有个男人要照顾，所以才搬来这里，佐山想。民子的身子看起来有些起色。

“那时候，我还是个孩子，什么也不懂。可以说，一切都像做梦。等逐渐明白过来，才打心里觉得对不起您。真没想到您还会见我。”

民子又旧事重提起来。

明明女儿还在场，佐山觉得不好意思。

民子瞟了雪子一眼，说道：

“没关系，这孩子什么都知道了。她还说起佐山君的夫人对她这么好……”

雪子对于母亲的初恋到底听人家说过多少呢？

“雪子是个无依无靠的孩子，我万一出了事，您能替我照顾她吗？我平时经常跟她讲起佐山君您的情况。”

民子的话听起来有点儿奇怪。

佐山权当真诚的信任应承下来了。然而，民子的用心很可能是想叫佐山帮她买下咖啡店来。这么一推想，民子这番话的深意甚至是要他怜爱雪子。民子两次结婚之外，还有相好的，给人做过小星。像民子这样的女子，之所以想到那样的活法，或许正是为了走投无路的女儿。

不管怎么说，佐山已是中年男子，不再有清爽的青春的耳朵了。

佐山听好几个女子说过，没有发生过肉体关系的男女，就像是一场儿戏。

不用说，民子就是其中第一个女人。

民子和佐山订婚的时候，正像她所说的，确实还是个孩子，一切都懵里懵懂的。对于她突如其来同别的男人结婚，年轻的佐山实在想不通。最后，他才猛地想到了一种原因，毕竟佐山未曾占有民子的身子啊。事情虽然很平凡，可对于当时的佐山来说，倒是一桩惨痛的事实。

佐山视为宝贝般倍加呵护的人儿，却遭到一个粗暴的男人胡乱的蹂躏。佐山只能眼睁睁瞧着一个姑娘肉体莫名其妙地沦落。

民子私奔到男人那里之后，佐山找到了她下榻的私人旅馆。她耸着肩膀说道：

“我已经不中用了，都变成这副样子啦。”

“你不是没出什么事吗？待在这里不是挺好的吗？”

佐山真的就是这么想的。谁知民子突然站起身，仿佛要赶走他似的，“啪嗒啪嗒”打扫起房间来了。

当时，应该使用暴力将她抢回家去才是。其后，佐山有点儿后悔。问题不在于谁更爱民子，谁能使她更幸福。只有靠暴力才能获胜。

佐山遭到民子背叛，只怪自己不好，他没有怨恨她。佐山和同学们一起成立戏剧研究会，演出学生戏剧时，民子姑娘前来为女主角做替身。这当儿，佐山向她求婚，民子一口应承下来。佐山毕业后，同时进入电影厂。作为新兴的艺术，他对电影比对戏剧更具有理想和热情，他想通过民子实现自己的理想，使其开花结果。他让民子也进了电影厂。要是眼下结婚，就不能使千载难逢的民子发挥她的才能了。自己到手的女人，拱手交给别人培养，这使年轻的他很不情愿，所以至少得干出点儿成就再说，现在暂且陶醉于订婚的美梦里好了。谁知一个无足挂齿的电影界小报记者，每每跑到电影厂来，说要为民子做宣传，花言巧语就把她掠走了。

后来，民子生下雪子，到乡下去了。她照顾生病的男人，直到他死去。

失去民子那阵子，每当佐山乘坐电车什么的，遇到和民子相同年龄段的十七八岁的姑娘，手指一旦触及她们的和服，忍不住差点儿哭起来。

他怕自己不在的时候，民子会回家来，所以不能放心出门去。

就这样，过了十多年后的今天，民子虽然出现在佐山面前，可他对这个被榨干汁水的残渣般的女人，已经丝毫不感兴趣了。

民子所言不虚，假若她始终记着佐山，心怀歉意，一直怀念他，甚至对女儿雪子讲述他的情况，那么到头来背叛爱情的，究竟是谁呢？

民子沦落了，佐山取得了民子所说的“成功”，所以也会发生这般事情。民子深感悲伤和痛苦，要是当初同佐山结婚，想必会很幸福吧，她对佐山怀有幻想，以此给自己不幸的身世以慰藉。

即便如此，就算民子有这个打算，事到如今，只是民子单方如此执着，佐山死抱自己幼年的爱情而不忘，反倒是不可思议的事。

播下的已经遗忘的爱的种子，经过一段曲折结下了硕果。但是如何收获这颗干瘪而又酸苦的果子呢？

佐山深知，比起这些，搅乱民子一生、陷她于不幸，一开始就是自己一手造成的。他爱民子，又遭到背叛，悲哀而又忘却，佐山又受到怎样的损失呢？

佐山急匆匆离开民子的家。

民子带着雪子为他送行。

他登上坡道，雪子离开两人，只走在一侧的沟沿上。

“雪子。”

民子叫了一声，雪子依旧挨近沟沿边走着。

四

第二年四月，来了一封电报，上面写着：“妈妈民子死。雪子。”

“雪子……电报是雪子发来的。那孩子独自一人，肯定遭遇很大困难。您不去帮帮她吗？”

时枝说道。

佐山闹不清楚，“雪子”两个字怎么会在他心里激发这么大的悲伤。

他只去过一次她们麻布的家。对方既然没有音讯，雪子出于何种考虑，以她个人的名义，向这里发电报告知母亲的死讯的呢？

“不知何时举行葬礼，要是赶在前头去，总得准备点儿钱带去呀。”

“这种事儿……什么都得您来操心。我说您啊……”

时枝显得有点儿不高兴，她觉得多管闲事。

“没法子，也算是最后一次尽力了。再说，这也是意想不到的灾难。”

时枝又笑了起来，她为佐山准备好了丧服。

民子家中挤满了附近的邻人，可谁也不认识佐山。

“小雪，小雪！”他喊着。

雪子跑出来了，不像是才死了母亲。她本来就是一个健康、开朗的少女。

她看见佐山，似乎大为惊奇，立即露出一副难以言表的纯真的喜悦之情。脸颊上略略出现了红晕。

啊，还是应该来啊。佐山心里热乎乎的。

佐山沉默不语，他走向灵前，雪子跟在后头。

佐山上了香。

雪子坐在民子的头部一侧，稍稍俯伏着身子，喊道：

“妈妈。”

她呼唤民子，随手揭去死者脸上的白布。

雪子将佐山到来的讯息告诉母亲，又给佐山看了民子的容颜。这对于佐山来说，比起民子已死的事实，更加激起他心中的波动。

佐山望着静静的白蜡般的民子：

“好安详的表情呢。”

雪子点点头。

“我妈妈……”

“你妈妈，她？”

“她说问佐山先生好呢。”

雪子立即抽抽咽咽地哭起来，双手捂在脸上。

“为此，你才给我发电报的吗？”

“是的。”

“你做得很对，谢谢。”

佐山将手搭在雪子的肩膀上，说：

“小雪，你不能哭，你要是哭，大家都不知如何是好了。”

雪子诚恳地反复点点头，擦去眼泪。

佐山用白布盖上民子的脸。

电灯已经亮了。

佐山既不好回去，继续待下去也有些不自然，他想看看情况再说。于是，他退往一角守候着。雪子连忙把坐垫、茶水和烟灰缸送到他面前。她在拼命为佐山忙碌着，似乎眼里根本没有别的客人。即便雪子还是个小姑娘，对于这种过于明显的做法，人家会怎么看呢？佐山把雪子叫到外面。

然而，雪子处于悲伤之中几乎不曾意识到的事情，佐山怎能说出口呢？他总不能对她说：“你不要只在乎我一个人。”

“帮助处理葬礼的人都有谁呀？”

“要叫他们来吗？”

“不用了。守灵的夜宵准备好了没有？”

“不知道。”

“那么还是要预订一下为好。这附近总有寿司店吧？”

“嗯，有的。”

“一起去看看。”

他们沿着昏暗的斜坡下行，走着走着，佐山伤心起来。

雪子依旧沿着水沟边前行。

“可以走中间呀。”

佐山这么一说，雪子大吃一惊，她立即紧贴过来。

“啊，樱花开了。”

“樱花？”

“唉，瞧那里。”

雪子指着大宅邸的围墙上头。

佐山拿出钱来，雪子仿佛看到可怕之物，没敢接受。

“小雪总得带点钱吧，也许要用的啊。”

佐山打算装进她怀中，谁知雪子一扭身，钞票散落在路上。

佐山想拾起来。

“我来吧。”

雪子明确地说。她蹲在那里，突然像河水决口般地大哭起来。

她站起身继续朝前走，一边哭个不止。

“回到家可不能再哭啦。”

两个人回来了。这期间，或许附近的乡邻经过商量，一致认为应该重用佐山，或者依靠他，他们一起来找他谈论事情。

民子的老父亲从乡下赶来了，看来他是个贫穷的百姓，什么也不懂，只是一味客客气气。

乡邻们还看到佐山一脸疲倦，一个劲儿劝他先去睡觉。他们还说：

“小雪这段时间也累了，今晚上应该休息。不睡足觉，明天受不了。快，快去吧。隔壁楼上有床铺，快领着叔叔去吧。”

佐山看见雪子站在身边等待，他也上了隔壁的二楼。

六铺席的房间里早已铺好了三个睡铺。顶头的一个睡铺躺着一个女人。佐山睡在靠近壁龛旁边的那一个。

雪子一直在中央的睡铺上翻来覆去。

“你睡不着吗？”

佐山向她发问，雪子就此又开始抽噎。

佐山从远方稍稍搂着雪子的头，雪子抓住佐山的手，放在自己的脸颊上。

手心里溢满了雪子温热的泪水。佐山毫不怀疑，这可是传达过来的民子悲切的爱啊！

“睡不着吗？”

“嗯。”

“你很难过吧？”

雪子边摇头边说：

“这被子很臭，觉得恶心……”

“哦？”

佐山过去一闻，原来是一个男人扑脸的体臭。

佐山突然感到雪子是个女子。

“我跟你换一换吧。不知道这是哪个男人的被褥。”

第二天早晨，雪子在火葬场，把佐山给她的钱交付了。

五

雪子照旧每天准备早饭，直到举办婚礼的那天。

“小雪，你就算了吧。”

时枝说道，她呵斥小孩子的声音惊醒了佐山，他起来后过去一看，雪子正在为两个上学的孩子装盒饭呢。

时枝也对女佣发牢骚。

“没关系的，阿姨。今天是最后一次，你就让我来做吧。”

她把饭盒交给两个孩子，说道：

“好啦。”

雪子一手领着一个孩子出去了。

“我说，最后一次尽力，你还记得吗？”

看着雪子的背影，时枝冲着佐山笑了。

“那是啊，送她出嫁，这就是最后一次尽力啊。”

“怎么样？说不定还会一时难以了断呢。”

……收留雪子，比起佐山来，更是出于时枝的同情。

民子的葬礼过后不久，佐山给雪子写了一封信，又被贴了纸条退回了，上面写着：“收信人转居后新址不明。”

一天，时枝去百货店，遇见在餐厅里打工的雪子，回来说：

“好叫人怀念啊！咱总不能坐视不管呀。可怜的孩子，听说从女校退学后，寄住在百货店的集体宿舍里。要是您见了，肯定会叫她到我们家来的。”

有了这些情况，雪子就自然成了佐山家的一员了。

雪子可以继续上女校了。同时，她又从照顾孩子到厨房做饭，切切实实地苦心劳作着。时枝呢，似乎忘记雪子原是丈夫昔日情人的女儿，只是一个劲儿喜欢她。

让她结婚，让雪子加入佐山家户籍，把雪子当作养女看待，这都是出于时枝的主意。

经常进出电影厂的洋服店裁缝，平时以做媒为副业，看见雪子后便来提亲。正合时枝的心意。

“小雪老实，人又好。但有时会走神儿。应该让她嫁人啦。再说，总不能把人家的女儿，就像囚徒一般长期关在家里呀。”

时枝说道。

对象姓若杉，三年前大学毕业做了银行职员，很少家累，对于雪子来说，实在是一门极好的亲事。

雪子答应一切皆由佐山他们做主。

婚礼当天早晨，全家出席例行公事的祝贺雪子出嫁的喜餐。雪子致辞后，时枝说道：

“小雪，假如你觉得痛苦，实在待不下去了，你就回到这里来。”

时枝说罢，雪子立即嘤嘤抽咽起来。她哭得两手发抖，跑出屋子。

“你怎么能说出那样的浑话？”

“不过，要是自己的女儿，就不会这么说。”

时枝捅了捅佐山。

“对雪子而言，我要是不那么说，她不是更显得可怜吗？”

“话虽如此……”

“别说了，不管是谁家的闺女，出阁嫁人时都要哭一阵子的……雪子也不例外。她也成了咱家的女儿。”

饭田桥的大神宫里，新郎若杉一方并排坐着亲戚十四人，而新娘雪子一方，只有佐山夫妇两人。宽敞而微暗的婚礼大厅显得冷清清的。

婚宴上，除了佐山的两对友人夫妇之外，还邀请雪子女校的十个同学参加。这些身穿未婚和服的小姐为婚礼增添了华美的色彩。

佐山在新娘子家属席上边坐下来边说道：

“好漂亮的新嫁娘啊。显得很端庄。”

“是啊，着装时我给她垫了胸呢。”

“垫胸？你填了些什么吗？”

“别声张。”

时枝叮嘱丈夫。

佐山想起民子，感到十分悲伤，他实在不能沉默不语。

他怀疑民子的幽灵正在窥探女儿那身新娘子的装扮。他回头瞅瞅窗外。

“好吃惊啊，雪子把上的菜全吃完了。”

“是啊，我叫她好好吃。如今的新媳妇都爱吃。什么都不吃，反而不好。”

“是吗？看起来有点豁出去了的感觉。”

佐山小声嘀咕道。

新婚旅行佐山夫妇没有送行。时枝说送到车站，被佐山制止住了。

“新娘子的父母是不送行的。”

婚宴结束回来的车中，寂寞冷清得叫人受不了。

佐山默默低伏着身子，过了好一阵，茫然地说：

“这可是真正的婚礼啊。”

“是啊。也算是我对民子尽了一份情谊……对吗？”

“你怎么说这种怪话，算了吧。”

“喂，我说你是不是喜欢小雪？”

“是喜欢呀。”

佐山平静地回答。

“其实你不该顾忌我的面子而让她嫁人……让她在家再待上三四年有多好，没想到现在竟会这般寂寞。”

时枝也是同样平静。

“将她嫁人，总觉得有点儿残酷呢。”

“好可怜啊。假若结婚前让他们交往些时候，和若杉熟悉了，也就不会是这番心情了……”

“那是的。”

“我对自己的孩子，再不想让她嫁人了。叫她谈恋爱，决心叫她谈朋友。”

时枝是指佐山家的大女儿。

第三天，新婚旅行归来后，还要到媒人家去行礼。佐山到若杉和雪子的新居一看，意想不到地发现根岸坐在那屋里，正向雪子大发雷霆呢。

根岸也对佐山毫不客气，他说佐山连个招呼都不打，就独自决定让雪子嫁人，简直是犯糊涂了。根岸虽然有个时期是雪子的养父，但雪子没有加入他家的户籍，况且他和民子离了婚，根岸的指责完全是找碴儿，无理取闹。

根岸坐进佐山的车子，扬言要一起去若杉父母和媒人那里。佐山打算送他回家，在一座大楼前停车，随后到地下室说话。谁知稍稍离座的雪子，怎么等也没有回来。

佐山想，肯定到他家躲起来了，他让若杉回去了。

但是，当晚雪子也没有回佐山的家。

难道雪子害怕新婚家庭会受到根岸的威胁，失踪了，或自杀了吗？

佐山给雪子最要好的女校同学打电话。

“结婚前夕，她给我写了一封很长的信，不过有点儿……”

“有点儿？是说信吧，都写了些什么呢？”

“有点儿……我可以说吗？”

“请说吧。”

“不过，我也不太明白。雪子同学好像有了喜欢的人。”

“啊？喜欢的人？是指情人吗？”

“我也不知道。我……不过，她说她母亲给她说过，初恋并不因结婚或别的什么原因而消亡。因此她会乖乖出嫁的。关于这些，她写了好多好多。”

“啊？”

佐山手握听筒，蓦地闭上了眼睛。

第二天，因为有脱不开的要紧事，佐山去了电影厂。雪子一大早就赶了来，正神情悄然地等着他。

佐山立即叫了辆车，让雪子坐进去。

自己愚蠢也罢，糊涂也罢，眼下，他这些一概不提。

“对根岸，没什么好怕的。”

“是的，那号人，算不了什么。”

“此外你还有什么苦恼吗？时枝说了，你要是有苦恼，可以回去啊……”

雪子一直凝视前面的窗户。

“那时候，我只想着，夫人是个幸福的人。”

这是雪子唯一的一次爱的告白，也是对佐山的唯一的一次抗议。

要不要叫车子将雪子送到若杉那里，就连佐山自己也弄不明白了。

从民子到雪子贯穿而来的爱的电光，一个劲儿在佐山心头闪烁。

朝云

她第一次去教室的路上，站在回廊下的一角，透过古旧的窗户仰望天空。白云的边缘似乎还稍稍残留着早晨的玫瑰红。

从那之后，我每次值日擦玻璃窗，时常会想起那天的情景。她是透过这块玻璃观看天空的啊，于是我哈上一口气，仔细地揩拭，自己也学着朝天上仰望。这件事，我一直没告诉和我一道值日的同学，即便她本人，也一定没注意到——只有自己曾经抬头望的那块窗玻璃特别洁净。

然而，她为何站在那个地方望云呢？作为老师，她首次踏入教室，是否突然犯起了犹豫？或者想借此方式躲避我们等待已久的目光？

她在第一堂课的致辞中说道：

“听说云彩因所在地不同而形状各异。这是真的吗？例如，静冈的云和四国的云，越后[1]的云和仙台的云，其形状都不一样。乘坐飞机飞来时，观察云的形状就知道是在哪里。中国台湾的云和我国北海道的云肯定不同。那么说，每个地方都是如此吗？”

她望见云彩就会联想起到远方来当教师的自己吧？

关于云彩，我们初次听说有这种现象，她的话使我们也想说点什么，但同学们都沉默不语。大家甚至都不敢随便挪动一下身子。同这位漂亮的老师第一个对话，光是这一点就定会在我们之间引发问题。她的美艳首先给人一种冷淡的印象，引起了我们女孩子的警惕。

她的讲课过于浅显而不足。前任老师每讲到一处，自己总是陶醉于文章之中，抑扬顿挫地朗读起来。同那位老师相比，她总是老老实实地念书，那种阅读，宛若穿着便服拉家常，我们听起来不像一位语文老师。要是前一位老师在，她将会受到提醒：“不懂得文章的意思吗？”但讲解也过于简单，不像前一位老师那样对文章做多方面鉴赏。这种快速的进度，本来一年的课程，估计只需三四个月就可以上完。

---

1. 越后：新潟县古称。

前一位男老师非常具有自信，他甚至在讲课中也说过，自己不能永远被埋没为一个地方女校教员的身份。他自己的研究论文一旦发表在国语文学专业杂志上，他就拿到课堂上来读给我们听。女校二三年级的我们虽然不很懂，但都一个劲儿崇拜老师。如此一来，当他实现早年夙愿，作为一名高校讲师而出人头地时，竟然毫无留恋地同我们的学校分手了。这就越发使我们感到老师的伟大，而被留下来的我们也愈加寂寞。我喜欢语文，成绩也很好，心想，等女校毕业后，通过文学研究，总有一天要再为先生所赏识。

作为后任老师的就是她。那是我们刚刚升入三年级的四月。

六月，依照往年的惯例，我们女校召开家长会，我们班出演的节目属于语文范畴。本以为是作文朗诵或会话交流，她却要我们根据读本里的诗跳舞。那是一张根据岛崎藤村[1]诗歌谱曲灌制的唱片。她读诗给我们听时，彻底打动了同学们的心。班上谁会被选去跳舞呢？

按我们女校规定，凡是在家长会上演出过的，从此可以

1. 岛崎藤村（1872—1943）：诗人、小说家。长野县山口村（今属岐阜县）人。日本现代诗歌奠基者，自然主义代表作家。著作有诗集《嫩菜集》《一叶舟》《落梅集》，小说《破戒》《春》《家》以及写生散文集《千曲川风情》等。

不再参演。我在一年级时参加过唱歌，学艺会[1]的任务已经完成。但是新任不久的她对我们不太了解，竟然说："大家互相推选吧。"因此，我也被选为十二人小组的一员了。放学后，她为我们做指导，仔细观看了我们的舞蹈动作，从十二人中又挑出四个人，我也是四人中的一个。我很高兴，又很不安。而且，被选上的四个人身个儿都一样高。按我的理解，她不是根据水平的高低，而是按照身个儿挑选出来的。我把这件事张扬到全班去了。

有人妒忌了。还有的哭了。尤其是入选的十二人，已经经过好几天的训练，再度甄选时没被选上的八个人更加苦恼。

"被选择是无可奈何的。人嘛，我们不断被选择，被挑选，由此活下去啊。"她说着，露出一张白皙的面颜。我不由心里一惊，从一旁仰望她的脖颈和下巴，她的美丽更加给了我彻底的刺激。

看到哭的人，我真想让给她。但没有人对我的中选说过坏话，我因此很安心，继续练习下去了。不过，四人中有人妒忌我，妖言惑众。

"菊井老师对小宫很亲密，我去借唱片，她却望着我问，

---

1. 学艺会：学习成绩汇报演出会。

你是宫子同学吗？”

我很生气，气得我实在受不了。这位同学的话对于我是值得高兴的事，干吗要生气呢？后来，我感到很难为情，觉得对不起老师。我真想说一声，她是一位很公平的老师。当时因为正在气头上，什么也没有说。那个同学也不再撒谎骗人了。

“小时候体弱，学了点儿舞蹈。已经不成样子啦。考入女大之后，没有跳过一次舞。”她说，“不过，跳舞还是很快乐的事。”

她的舞蹈老师是由日本舞蹈转学西洋舞蹈的名人。我们从新闻图片和杂志封面上经常看到这位女性舞蹈家的照片。单单向这类人学习过舞蹈这一点，就使我们惊诧不已。遥远的华丽飘然飞来身边，我们四人一心一意望着她的舞蹈，觉悟到了人体动作的优美。那种站立回廊下抬头望云的姿态，给人的印象也许是她身体上舞蹈动作的显现吧？随着她手把手的指导，我们的身子或许也因流贯着优美的舞姿而感到热血沸腾。

“啊呀，宫子同学，擦擦汗吧。”她掏出手帕递给我，当手帕一接触到脸孔，热泪止不住地涌流下来。我捂住眼睛逃到回廊上，从古旧的玻璃窗中仰望天空。初夏的天空一派晴明，没有一丝云翳。我眯细眼睛向着新生命的喜悦绽开笑容。

她的手支撑着自己汗津津的面颊，说道：“好热啊。”我们四个人也模仿她纤手支颐，一起说：“好热，好热。”

“小宫，脸红啦。”

“你也脸红啦。”

大家相互聊着。她顺次瞧着我们的大红脸蛋儿，默默无语。

我们的舞蹈获得好评。

从此以后，“菊井老师”这几个字我再也说不出来了。而且，在她上课的时间里也不举手了。不过，一旦被她指名，我就能咕嘟一声咽下一口什么，做出清晰的回答。这样的夜晚，我总是躲在被窝里独自微笑。

我们的城市，富士山看起来近在咫尺，而且也有海。城市中央的柏油马路保留着东海道的森林，我沿着马路边的林荫道去上学。是个很少积雪的地方。

我们女校每年二月到信州[1]滑雪。我想她一定会去的，因而我也决定去。她虽说滑得不太好，但在老师中十分年轻，又或许因为学过跳舞的缘故，进步很快。一如她阅读课本时的表达，她那朴实无华的身影轻轻飘浮于雪上，十分好看。我留心不要太靠近她身边，从远方密切地望着她。

1. 信州：长野县古称。

她似乎从“教师”这一职业中获得解放，在这里回到了女学生时代。每当她的动作过于强烈时，我就有些不安，很想提醒她一下。我很羡慕那些可以自由地和她对话的人。回到山间小屋，我很想为她拂去背后的积雪，却胆怯地不敢伸手。这么一个难得的机会，我竟然同她没说一句话就下山了。

我用功学习语文，但我上课时，严格约束自己，极力避免被她认可，表现极为收敛。即使明知会被指名的阅读方式，我也没有及时说出来，受到了她的批评。那时候我感到非常难为情。她给我上课的时间只剩一年了，我要更加努力才行。我们升入四年级。五月的一天，利用上体操课的时间，打扫弓箭场。我在拔草，不知她从哪里过来，一边亲手收草，一边问我：

“第五节是什么课来着？”

我一时心慌意乱，没有出声，一旁的人代我回答：

“家务。”

“是吗？”

她轻轻点点头。

事情就这样过去了。

不过，我心里很难受。

那段时间，有一次练习弓箭时下起雨来。她从宿舍那里走过来挽着我进入伞下：

“再向这儿靠靠，别淋湿了。”

她说着，拉拉我的肩膀，笑了。

我的肩头只披一件运动衫，当我感受到她温软的手心时，我差点儿倒在她怀里。第二天，我把略微潮湿的运动衫拿到强烈的太阳下晒干，当我一眼瞥见富士山时，不由得高声喊道：

“好美啊！”

全校师生到富士山下远足之前，当时我从家中望见富士山觉得很美，我很想对她说一说，可是每当在她身旁时欲言又止，总是胆怯地张不开口来。她也没有同我搭话。当天，她的身体似乎不太好，面色青白。一身水蓝色西服，随意地戴着一顶白帽子。她背倚一棵大松树，低着头。她的这副姿影我不会忘记。她也有忧愁吗？她是个同我没有任何牵挂的人，我初次感到，她随时随地都可能到其他地方去。

说起从教室的窗户里可以看见富士山。有一天，她在课堂上朗读《竹取物语》，说道：

“这是日本最古老的小说，但文章很容易理解，对吗？听我阅读，大体的意思都明白，对吗？最古老的故事，用浅显易懂的文字写出来，不是挺令人高兴的事吗？”

她说，以崇拜少女的纯洁为中心，这种思想在日本古典物语中至为难得。竹子、月亮和富士山，被当作日本美丽的象征而表现出来。那里有古人的憧憬。她喜欢那个从竹子里出生而升上月亮世界的美姬。据说从《竹取物语》那时候起，富士山就冒烟了。那一次，她或许背倚松树想起那位美姬了吧？

夏天过后的某个秋日，我看到她穿着一件胭脂红的毛衣，胸前用白毛线绣着一朵小花，给人的印象很可爱，不像平素的她。当时，她似乎也是打宿舍出来，我低着头同她交肩而过。因为她并不了解我的心事，其实我根本用不着低头，想看就看好了。我尽管这么想着，但到底没敢抬起头来。然而，她那穿着毛衣的可爱的身姿，仿佛使人感到她是个同我们年龄相差不大的姑娘。我为这一重大的发现而震惊。看来，是自己内心的某些东西觉醒了。那就是所说的青春吗？心想，我也逐渐成为同她一样的“姑娘”了。我的心中充满喜悦，一双眼睛贪婪地偷偷瞅着她，同时又看看自己。在她的诱惑下，我迅速成熟了。对于这件事，她似乎一点儿也没有觉察。

冬天到了，校园里流行跳绳。或许是偶然吧，我正在跳的时候，她也进来了，抓住我的肩膀，同我一起跳起来。我的脚一慌张，绊在了绳子上。

“啊呀，不行啦！”

她晃动着我的肩膀说。

“对不起。”

我颇为扫兴地打算离开绳子，可她的手依然搭在我的肩膀上。

“再来一次。”

她催促手持绳索的少女。绳子又开始回旋了。我吃了一惊，闭着双眼飞翔起来。我什么也不想，只顾随着她的身子的节奏飞翔，永远飞翔！我身轻如燕，像弹簧偶人跳个没完。累了，失去了知觉，但依旧顺利地飞翔，闭合的睫毛溢出了热泪。她的呼吸十分急促，气息吹拂到我的脸上。

“累啦，不能再跳啦。啊，太疲倦啦！”

她的手松开我的肩膀，她也脱离了绳子。我浑身清凉起来，但我仍然继续跳下去。我只得一直跳下去，直到眼泪不流了为止。

我在学校里哭泣，是练习舞蹈的时候，用她的手帕捂在脸上。这回是第二次了。自那之后，有一段时间，我老是做跳绳的梦。在梦里，没有地面，我有时因沉沦黑暗底层而惊醒。

年末将近，玩羽毛毽子游戏时，我同她倏忽对望了一下，毽子立即掉落在地上。还有，当她为我数数时，我的成绩格外出色，同跳绳时完全一样。

但是，她有时在课堂上，整整一节课都不看我一眼。我感到很气馁，希望和空想都消失了。她打分非常严格，尤其厌恶字迹潦草的答卷，经常表示不满。我们的作文总是受到她的批评。她的教学法也和前任的男老师不同，前任老师虽然热心于国语文学研究，但对于少女们写作的文章毫无感情，关于这一点，我们也很明白。而她，对于我们日常的言谈会话也怀有洁癖，总是爱从旁边横插进来：

“这个词最好不要用。”

即便在这种挨批评的时候，一旦被老师最先点名，我整天里都会觉得高兴。

为了她，我是否有些反常？这样下去可以吧？我很想对谁说明一下，但还是将自己抑制住了。心想，等毕业后，什么话都能说了。师生之间的交往，不用说是绝对禁止的。我同她并没有什么交往。我考虑毕业后给她写信应该如何用词，这使我快乐无比。她大概不会给我回信的。我想，即使到了那时候，我也不会发信的。我一边思索着，一边写完梦幻的信。

她调来之后，已经迎来第二个新年。那年年假，风闻她要辞职，我吓了一跳。她似乎也教一年级的语文课，听说她对一年级讲过这事。一想到她特别关爱一年级时，我就感到落寞。那么，为何对我们始终瞒着不说呢？

年底最后一节课，她的讲解不露声色，看不出一点儿迹象，不是吗？我的梦想完全消失了。我取消了过年的种种约会，我没有参加小学时的同窗会，也没有去小学时的老师家里拜年，就连三位同学在我家的聚会也免了。而且，每当母亲喊“宫子”时，我总是心里一惊，立即站起身跑过去。我感到，唯有这次过年的时候，母亲才频频呼唤我。但是，对于这件事，没有必要向任何人确认是不是真的。即使在这种场合，我也无法说出她的芳名，而只是一副佯装不知的样子。我竟然变成了如此无情的女孩子，实在悲哀。我到后庭院里喂鸡，我手捧食饵唤鸡来吃，瞥一眼正月里的富士山。

但是，九日那天我到学校去，本以为已经不在的她照例在校，比起去年更加美丽。我跑过去，真想一头撞到她怀里。我喜出望外，不顾同学们的冷眼，硬是同她交换了手帕。此外，针对我们本周内值班的人，配备的还是她和久保两位值班的老师。

在那间逼仄的值班室，我也曾经挨过她的批评。她批评我的时候，一直看着我。为了请她检查值班日志，四处寻找她时，在登向裁缝室的楼梯上看到她的背影。

“老师！”

我把她叫住了。她伫立于楼梯中途翻阅日志。冬天午后的光线及早变薄了，楼梯稍稍暗淡下来。她把日志靠近眼前，蹙起眉头查看。当我注意到自己也在集中目力，仿佛在暗处阅读什么的时候，突然脸红了。这里只有我们两个人啊。要是这时候能说说话该多好。就算只叫一声“老师”也行，我决心试试看。谁知和刚才喊住她时不同，我的声音发不出来了。

“好啦。”

她把日志还给了我，而且头也不回，径直走向裁缝室。还是没出声为好。我要是再喊一声“老师”，又会怎么样呢？我并不想让她知道我的内心。

她经常问我：“下一节是什么课？”我只是小声回答“地

理”或什么的。这种简慢的回答，简直就是拒人于千里之外，有时更是故意摆出让对方抱有反感的姿态。她或许认为我是个可厌的女孩子。

今年，又快到滑雪的时候了。来年春天毕业，这回是最后可以同她一起滑雪的时机了，不用说，我肯定要去的。然而，同我要好的同学，一个不去了，两个不去了，到头来谁都不去了。我不愿被人看作是跟她而去的，所以也取消了。

“宫子同学也不去了吗？”她问。

“是的。”我断然回答。

那天一整天，我都在苦苦思索：她在山间小屋同谁一起说话呢？她是怎么滑的呢？第二天，听说她也没去滑雪，我才放下心来。这样一来，去年她在雪上美丽的姿态又历历回到眼前。即使我不在场也没关系，我很想让众多的女同学看她滑雪的情景。

真不知是何种扭曲的心理，想让她看到但又躲在人背后不让她看到，自己只是暗暗瞅着她。多么羡慕可以同她自由对话的人啊！畏畏缩缩的自己显得很可悲。每到那个时候，我总是嘴里不断叨咕：

“她太美啦，太美啦！”

这话成了我的口头禅。

我有时愤愤不平，像她那般俊美的女子，为何要到女校当一名教师呢？她自己一点儿也不明白，她活着，向这个世界撒播了多少罪愆！我绝望又悲伤地想要变得漂亮，这都是因为她啊！

我把自己的每一天，分成能够见到她或不能见到她两类。我甚至已经知道每当上学的时间稍微迟些，就能在校门口看见她。

樱花开放时节，我升入五年级，到富士山下远足也是最后一次了，不巧，我因感冒被留了下来。那是一个烟雨迷蒙的寒冷的早晨，直到大家整队完毕，都不见她的身影。莫非她和我一道被留了下来？我心里一阵激动。不料学生的队伍刚刚出发，她就跑来了。对我们这些被留下来的瞧也不瞧，一路追了过去。

我一直独自一人在心里胡思乱想，表面上风平浪静，就这样迎来了学校生活最后的一天。最后的一节课，别的老师都对我们作分别赠言，唯独她没有说一句告别的话，也没有分别前悲伤的表现，反而始终乐呵呵的。同学不管说什么话，她都是爽朗地笑着，她的那副笑脸我是第一次看到。她在我们的课桌之间走来走去，仿佛她自己也是一位即将毕业的女学生。像三年前那时候一样，我虽然不觉得她是一个冷酷的人，却是一个奇怪的人。同学们都在和她一味嬉闹，或许只有我一人力求弄明白她的内心。我为此而感到寂寞。我从来没有像这一节课那样盯着她看，我坚持到底都不转移视线。但是，唯有那一天，她没有朝我瞥过一眼。这是多么大的讽刺啊！我不认为她是故意躲避我，看样子，她是陶醉于同大伙的欢闹之中，把我给忘了。

毕业典礼上，我无缘无故哭了起来，但我并不怎么悲伤。我请所有的老师在我的纪念册上签名留念，但只有一人没有露面，那就是她。

“菊井老师，菊井老师！”

同学们到处寻找。当我去校工室也想请校工叔叔签名的时候，回头一看，发现好多人都一起跑来了。走在最前头的她奔跑着，毕业生们在后头拼命追赶。

“老师！老师！”

她在生物标本室被大家围住了。要求签名的人群排成一列，喧闹着。

“太过分啦！老师，太过分啦！”

“老师独自逃脱，太狡猾啦！”

她只写自己的名字。我一个劲儿哭着求她。

毕业典礼当天的签名是历年来公认的惯例，所以有的老师随即就能写上事先想好的祝词。明明谁也免不了的事儿，她为何逃脱呢？她好容易接过我的笔，写下“祝你幸福”一行字。这是一句极为平凡的话语，比起别的老师，她的题词最短。是一行认真写下的小小文字。

她在其他毕业生纪念册上也都一律写“祝你幸福”。

“老师，幸福是什么意思？”

有人半开玩笑地向她发问。她用平素很少见的严厉的目光望着那人：

“这种事，还是问问你自己吧。”

“那么，老师是祝我什么幸福呢？”

那人不依不饶地反问。

“我不认为幸福是各种各样的。”她说。

“我想要和老师一样的幸福。”那位同学低声细语。

我不由一惊。

然而，她却若无其事地笑了。

“是吗？你能这么想，太好啦。”

毕业典礼结束后回家的路上，东海道古老的林荫道，松树的绿叶闪耀着春天灿烂的阳光。桃花含苞待放。

“祝你幸福。”我低声说道。我想，这是最好的临别赠言，没有比这更合适的话语了。

不过，我并没有和她分别。三年来秘而不宣的想法，至今终于可以自由对她诉说了。对别人也能说明了。我心里一直考虑给她写信的用词，一连几封都能背诵下来。我被一种喷薄欲出的情愫所追逼，加快了脚步。我拼命写信。三年来，我是如何等待着这一天啊！然而当我投进邮筒的瞬间，我后悔了。信再也不能返回我的手中，我打破了美丽的梦。我做了可悲的出发。

进出家门时，我避开那条有邮筒的道路，迂回远方。但是，较之通过更热烈的信追索自己的悔恨，我别无办法。我写了第二封信，她没有回。虽说是当然的道理，但还是怀疑那些信是否到达了她的手里。第三封信我是投在她寄宿地附近的邮筒里的。还有第四封信，是我亲自送到邮局去的。她仍然没有回信。

女校放春假了。刚刚毕业的我老是记挂着学校还会有什么事，眼下又在制作自己的日历。她是否休假回老家了呢？她该不是从学校离职了吧？她似乎不在这座城镇了，这使我很不安。四月一日，当地报纸将要宣布县级以下教师的变动，我等待着那一天。不过，不是她，而是地理教师调走了。他是这座城镇上的老教师，连他出发时火车的发车时间都登上了。到时候或许有好多人送行吧，她也一定会来的。我刚发信给她，她没有回信，我不好意思再同她见面。我也不能为地理老师送行了。

然而，到了那天，我还是去车站了，而且看到了她。但她不曾看到我，因为我害怕被她发现，躲在别人背后了。她和老师们很快回去了，我一直目送着她的背影。她一点儿也没有注意我，和我在校时一样。车站和城镇之间保留着旱田，她采摘一朵紫云英花，又立即扔进小河。花被河水冲向我这里，我正想去捞，又赶紧作罢了。小河的流水或许就是富士山融化的雪水。

回到家里，我写了第五封信。就像过去一样，我没有期待她的回信。我只是传送我的一颗心。沉默三年，光是这段回忆写也写不完。

第八封信委托我的堂妹直接交给她了。虽说这个举动有点儿胆大妄为，但至少希望有这么一次证明我的信的确交到了她手里。二年级的堂妹格外爽快地接受了我的委托。不过到了那天，一想到她在学校时，我的信已经进入她的衣袋，心里就怦怦直跳。仿佛眼看就要被叫到教员室挨批评，我依旧没有失去在校时的心情。堂妹放学时路过我家，说信交给她了。

“菊井老师收下了吗？”

我极力显出若无其事的样子问道。

“嗯。”

堂妹点点头。

“她说些什么来着？”

“她什么也没说，只是默默收下了。”

“面孔如何？”

“面孔？很漂亮啊！”

“很漂亮吗？”

我又重复一句，心里浮现出她的身姿。现在是五月，她该是多么美丽！我拉起堂妹的手走向大海。

这封信依旧没有回音，我气馁了，她依然离我非常遥远。我端然而坐，仿佛为了祈祷什么，在大花瓶里插上一束玫瑰。

我下定决心，再也不给她写信了。我这时才请求母亲，答应我报考女大。

到了五月末尾，打开日记本一看，我吓了一跳。自从停止给她写信的那天起，我的日记一片空白。我的眼泪啪嗒啪嗒滴落在白纸上。我一直盯着自己的眼泪瞧个没完。我想，让眼泪浸透白纸也好嘛。我想用眼泪洗去脏污的日子。

“我不是怨恨，不是怨恨！”

我在对自己诉说。她虽然没有为我做过任何事情，但实际上，她肯定为我付出了很多很多。我把作为少女的日月全部奉献给她，自己也获得了新生。她依然只是一位不可接近的恩师。我必须成为一个更面貌俊美、心地善良的女子，只有这样才能得到她的留言赠语。

“你同宫子同学很相像啊。”

堂妹向我报告，她曾这样对堂妹说过。听了这话我又高兴起来了，她还记得我，夸赞着我呀！作为感谢的礼物，我请求父亲答应我把那天插了玫瑰的中国辰砂花瓶送给她。父亲没有同意。再说，托人转送，也嫌体积过大。我编织了台心布，寄托在堂妹那里。据堂妹说，由于纸袋过于显眼，两次都错过了交给她的良机。我只得作为小包裹邮寄给她了。她连一张收到后的明信片都没有发来。

五年级学生从东京出发到日光[1]旅游的时候，其中也有我熟悉的同学，或许还有可能见到她。我到车站送行，没有看到她。不过，她肯定会去家政科的义卖会。我约上母亲一起去。当我们快要回家之际，在餐厅里稍事休息。这时，从正在登上楼梯的一群人里，猝然瞥见了她的身姿。

“妈妈，瞧，菊井老师！菊井老师！”

我站立起来。

“是吗？她在哪儿？”

母亲也向那里瞧着，但是没看到。

“总得去打个招呼才好。”母亲说。

“身穿鼠灰色西服的就是。”我提高嗓门，跑步登上楼梯。

她一个人正在观赏工艺品。我满怀激动，不知道身在何方。母亲走到她跟前，向她致意，她转头看看我微笑了，面色稍稍有些难为情。我垂首无语，瞬间里仿佛想要猛地抓住一个在场陌生人的肩膀，倒在地上。她朝我走过来。

“宫子同学，又想立即躲开吗？”她说，“啊呀，让我看看，变得漂亮了，是吗？”

我只是惊慌失措地连连摇头。啊，她对我在校时的表现

---

1. 日光：枥木县西北部风景区。

全都清清楚楚的嘛。

“我和你一起陪陪母亲，送你们走到那里吧。”她亲切地对我说。

她和母亲一同走在松树林荫道的一侧，但都重复着老一套的礼仪，我被母亲遮挡着，看不清她的身姿。我沉默不语，她也无视我的存在。

“宫子同学有哥哥吧？要把她送出去吗？”她不经意地问道。

“唉，还是个孩子，永远长不大，好烦心哪！”母亲回答。

“倒也不是那样的，倘若有人来向学校打听情况，该说些什么好呢？”她朝我看看，“说她是个感情激烈的姑娘，就连老师也受她欺负。”

我头晕目眩，眼前发黑，一时憋闷得喘不出气来。

“这些全都是谎言！”

她爽朗地笑了。但我同她走在一起，感到十分痛苦。

回头慢慢想一想，可以有各种理解：她是在批评我啊；她若无其事地提醒母亲要防备我；还有，或者是半开玩笑地回应我对她的一片情爱……不论何种理解，她的这些话都是对我写信的回复。母亲依然蒙在鼓里，她还在继续唠叨那些多余的话题。

“这孩子实在太任性，给老师带来很多麻烦。”

“不，那倒是没有的事。我在女学生时代，也像宫子一样要强呢。”她说。

我的内心充满炫目的幸福之光。

她由林荫道中途转入横向的道路。

“因为是学校的老师，穿着很朴实。年轻时朴实些，也显得很高雅。”母亲目送着她的背影说，“不过，不论穿着多么朴素的西服，她的面容总是显得很明朗。要是长相比不过服装，那可不行啊。”

我告诉母亲，她的西服都是自己亲手缝制的，母亲听了很惊讶。

“那么多的衬衫、毛衣，都是自己做的，她怎么有那么多时间做衣服呢？”我也更加感到奇怪了。

“因为人长得漂亮啊！”母亲回答说，“老师还问起宫子的出嫁什么的，她自己怎么样了呢？”

“不知道。”

我对母亲有些生气。我们久久地目送着她，她竟然一直都没有回头看一眼。真是个怪人！

从义卖会归来的路，是第一次也是最后一次同她一起走。上课时除外，那也是她唯一一次跟我谈话最多的时候。

母校的学生到富士山远足那天，我站在田间小路上遥望。我没有看到她。暑假的一天，我明知她回老家了，还是到学校去玩。她刚来那天站在回廊下抬头望的那扇窗户，玻璃脏了。这个假期间，听说她从学校辞职了。我的心变得空空洞洞，干枯了。纵然见到上学时的老同学，也都一下子变得冷淡了。对于所谓“母校”的怀恋全然消失了。秋季运动会也不想去参加了。我第一次感觉到作为女学生的我真的毕业了。我也不去海水浴场，在家按照母亲的吩咐帮她做家务。我想尽快长大成人。我经常半夜醒来，看着月亮。

我想起她曾经给我们讲过，《竹取物语》中的老翁和老婆婆见月而哭泣。但我没有哭。每当心中浮现她美丽的幻影，一时憋闷起来，我就坐在镜前寻求自己的美丽。我很想变得比她更加漂亮。我把掉落的头发缠绕在指头上眺望。这种事以前没有过。

进入下半学期之后，她来向校内人员告别。那天一大早就得送她乘火车。去还是不去，我拿不定主意。不过，一旦错过这次机会，恐怕终生再也见不到她了。她依旧美艳无比！我幻想长得比她更美，实在是不自量力。我的一颗心对她彻底敬服，仿佛只是看着她的倩影，就能获得新生。

她身穿白色蕾丝绲边的水蓝色连衣裙，雪肤玉肌，淡妆浅施，车站里的乡下人都看呆了：

“那就是老师吗？”

火车开动了，经过我眼前时，我小声喊了一句“老师！”，向她行礼。她低下头，认出了我。她一直望着我。无论谁说什么，这都是绝对的百分之百的事实。临别之际，她第一次仔仔细细凝望着我。火车驶离月台之后，她依旧朝我谛视。在校生欢呼着为她送行，她的身影渐去渐远，真是鬼使神差，我这次占据一个绝好的位置，使我能够清晰地看着车窗远去。我为她送行，直到最后一刻。她招着手，消失了。她的手势很优美，这使我想起三年级时跟她练习舞蹈的情景。

她乘坐的火车隐没于山间，朝云笼罩着峰峦。我望见她的手在云里挥舞，似乎一直注视着我。初秋的早晨，微风拂拂。其后，不管我向她的故乡发出多少封信，她依旧没有回过一次。然而，她竭尽全力为我培育的少女之梦，正在发芽成长。或许是这个缘故，我对她的怀思，已经不使我感到痛苦。如今，我很平静。

“燕”号列车上的女孩儿

列车驶出逢坂山[1]隧道，近江线路上，展望车厢的乘客大部分及早都睡着了，没有睡的人也都在闭目养神。

七八个男人全都上了岁数，因为工作关系，经常来往于关东和关西之间。

青青的麦田间随处盛开着油菜花，唯有牧田夫妇一直眺望着对面春天的湖水。

此外，女乘客中，除了章子只有一个西方女孩儿。

牧田看着从湖水一端驶出后穿过铁桥下，进入濑田川的

1. 逢坂山：大津市与京都市交界的山峦，海拔325米。

小汽艇，说道：

“那是游览船吧。”

章子点点头，两人随后不再说话，直到抵达安土[1]一带。

沿着两边车窗，排列着客厅风格的椅子。牧田夫妇之外，皆为一人之旅，所以无人交谈。或许男人们一眼看出他俩是蜜月旅行的新婚夫妇，视线便不再投向这里。但不论你说什么他们都能听到，所以牧田很难开口。

彦根[2]的古城出现了。

展望车厢的窗户很大，过午的阳光全部照射进来，遍及章子裹着羽织腰带的肥满的下身。牧田看到太阳光下章子的脖颈，莫名地一阵激动。仿佛看到不应暴露的肌肤，暴露于众目睽睽之下，故猛地激动了起来。其实也是因为看到阳光下脖颈的一瞬，他由此感到章子的整个身子非常强健。

如此凭借部分肌肤，便能活生生感觉到女人的全身，这对牧田来说至为难得。此种近乎惊诧的惊喜充满心头。

然而，那种可以想象得到的滑腻的肌肤，一旦为日光照射，每一个毛孔，都会充满人的皮肤般的灰白的暗色。牧田

---

1. 安土：滋贺县浦生，位于琵琶湖东岸，有旧时安土城迹。

2. 彦根：滋贺县琵琶湖东岸的城市。

看着她，初次感觉到这位女子同他自己，完全是迥然各异的另一生物。这是多么不可思议啊！

这位女子坐在蜜月旅行归来的火车上，究竟在考虑什么呢？牧田不明白她的心思。这种不明白，眼下也是一种快乐。

婚礼上装束既罢，章子自然剃净了脖子上的汗毛。旅行期间，再没有用过剃刀。

那就像长出了灰白的尘埃。

这使得牧田觉得，那些汗毛是隐藏在任他摆弄的章子的身体上。

章子的头发看起来也有些红褐色。虽说女人的头发经阳光照射就会变红，但牧田想，这种现象自己是何时、又是怎样发现的呢？那样的女性体态，他一点儿也想象不起来。

每当他微微闭上眼睛，一种近似麻痹的甘美的倦怠感就从心底升起，脑子里浮动着无数的海蜇。

那是打横滨出发，轮船启碇时看到的情景。

牧田和章子乘坐外国航线的轮船抵达神户，接着次第经过大阪、奈良、京都，绕了一圈归来，结束了一周的新婚之旅。

一位朋友送他们到船舱，他凑近牧田的耳朵低声说：

“你看，这边和那边的端头隔得很远啊。”

还以为他要说什么，他指的是寝床。素昧平生的两个人同室航海的很多很多，所以隔得很远，还配有各自的帷幕。

牧田工作单位的上司或许听到那人的低语，大声说道：

“肯定是隔开好嘛，只要不是新婚旅行。”

牧田吓了一跳，瞧瞧上司的脸。这句话粘在他耳朵上了。

当时，章子面对母亲低着头，伸出两根指头轻轻揉搓着母亲腰带的下部衣襟，这多半是无意识的。她似乎想说什么，几乎要哭出声来。

送行的人下船回到岸上之后，离开航又等了好长时间。牧田也很无奈，他想，章子最好不要哭，章子这时似乎也在极力控制住不哭。

海港上的娼妓趴在栏杆上，张开大嘴喊叫，样子很难看。

因为是蜜月旅行，牧田不想挥动手帕，他有些难为情。

轮船开航了，岸上的人们奔跑着。船客也因为不愿忽略掉送行的亲友，双方挤作一团。章子温润的肌体传达到牧田的身上，牧田也蓦然伤感起来。与其说牧田在为自己而悲戚，毋宁说是因为章子告别双亲，同一位几近陌生的男子同船旅行，其悲凉的心绪引起了他的共鸣。

牧田从口袋里掏出手帕，递给章子。

章子接过手帕挥了挥，这使牧田大惑不解。

章子觉察自己所做的一切后，低伏了眉头。

“啊呀，海蜇……”

她嗫嚅着。

牧田也低下头来，波涛翻滚的船尾一派混浊，那里漂浮着无数海蜇。硕大的海蜇！那成群的海蜇在汹涌的海浪里，不停伸缩着透明的身子。

庞大的船舷下边，一大群海蜇被混浊的海水冲击着，或浮或沉，说不准是优美还是丑陋，仿佛一个个可怖的幽灵，紧随轮船追逐而来。

牧田闭起眼睛，海蜇群时时浮现于脑际，令他十分困惑。

火车离开湖水，驶入小山之间，快要到关原了。

“那女孩儿，很像混血儿啊！”

牧田看着前面的女子，小声说道。章子一副意外的样子：

“啊呀，是吗？”

“红褐色的黑头发，难道不像日本人吗？”

“是吗？”

“乍一看似乎是在日本生的，但又像是混血儿啊。”

“我也觉得像日本人，刚才一直盯着看呢。从手里的东西上也能看出来。”

那女孩儿抱个日本偶人，夹着小包袱。

“说不定就是个混血儿，她的举止也很文雅呢。”

“脸型完全像个西洋人。”

“多大年纪呢？”

“唉，也就是七八岁吧。哦，棉布的衣服，已经过夏天了。”

“嗯，也许是麻的。”

四月里刚刚过去二十天，那女孩就穿夏天的衣服了。深蓝的料子印着细碎的花纹，前裾和袖口很短。内里是桃红色的丝绸内衣以及同一颜色的裤子，装束整洁，脖子上围着蕾丝衬领。

头发左右纷披，发梢上似乎扎着雪白的蝴蝶结。仔细一看，那不是蝴蝶结，而是一块白瓷花。刘海上也有一片瓷花的装饰。

“像是一个人旅行。”章子说。

“我也这么想呢，看样子很像。身边那位是她父亲吗？但看起来又不大像。”

“不像她父亲呀。”

孩子很小，坐在宽大的椅子上，孩子的脊背深深靠在身后的藤子上，两只脚搁在椅子上，竖起膝头，摊开日本画册。她的胳膊肘儿抵在斜向的膝头，几乎倒在邻座的人的身上。牧田看到那副情景，开始以为那人或许就是她的父亲。

但是，邻座的人只顾呼呼大睡，女孩儿独自玩着。

“一个人倒是……”

章子似乎很喜欢那个女孩儿。

侍者进来，对牧田说：

“房间空出来了，请吧。”

牧田只是点点头，没有动一动身子。

一等车厢分三个区域：展望车厢前边安设转椅座席，再向前是个隔开来的小房间，里面相向放置两张沙发，入口门玻璃上挂着帷帘。侍者或许好意提醒他吧，但牧田不愿意进入那座单供午休的蜗牛般的小屋子，就连受邀请都觉得寒碜。

“轮船和火车，哪个更好呢？”

“还是船好呀。”章子回答。

“我父亲说了，他自己很想乘船去蜜月旅行呢。”

她微微颤动着嗓音。

牧田看着章子。

“你父亲吗……？”

“是呀，他不是一个劲儿叫我们乘船吗？”

“啊，所以你父亲也选的是船啊。”

牧田漫不经心地说。

“啊呀，不好再有第二次啦！”

牧田笑了。

“大凡父母，自己想干而未能实现的事，总想叫孩子去完成。”

牧田一边点头，一边暗暗对自己感到惊异，自打轮船驶离横滨港，他几乎把章子的父母全然忘却了。

然而，从眼下章子的口气里可以知道，她似乎一直记挂着乡间的双亲。如今，牧田也觉得，这对章子来说理所当然。他这才觉察出自己同章子之间明显的差异。

牧田回头反省自己，持续不断的蜜月旅行，一向不大认真考虑章子父母的事，这是不是一种出乎意外的罪愆？

"还是乘船好啊。"

"是的。"

"常给家里写信吗？"

"写信，您不是看到了吗？"

"就那一封？"

"啊呀？"

章子的反问带着不满的口气，以为牧田怪罪她瞒着自己给家里写信。

合伙绘制的明信片自不必说，即便在旅馆里写的信，章子也都给牧田看了。

"只有那一封啊。"

"旅行回来，会有很多话题。"

"不过，总觉得……"章子带着撒娇的口吻。

"家中父亲知道我要嫁人，立即为我做了各种设想。"

"是吗？什么设想？"

"各种各样……母亲嘲笑父亲，仿佛自己要出嫁的样子。"

"那么，你怎么说的？"

"我吗？父亲既然那么说，我就只好向他表白，我不太了解对方，所以自己不知道如何考虑才好。根据对方不同，也不知道将来会成为什么样子。说真话，我只希望父亲保持沉默。听他说得那么多，我总觉得父亲很可怜。"

"不过，我倒打算按照你父亲的想法实行下去。"

“不行呀，那样做……既不现实，也没必要。”

章子意外地强调说。

这无疑是现实，但牧田总想了解一下，章子的父亲是如何为女儿的婚后生活设想的。

“父亲那么说，是因为父亲的婚姻很幸福还是不幸呢？”

“啊？”

牧田顿时回答不出来了。

“他或许不是想着自己，而是时刻为女儿操心并期待吧。”

牧田的话有些模棱两可。

他们的声音很小，几乎全都被车轮声吞没。然而，章子的嗓音非常清朗，牧田的声音听起来很模糊。

倘若章子缺少一个纯洁少女应有的窃窃私语的声音，那么牧田就会觉得章子有时候很胆怯。纵然她的私语有些震颤不稳，但牧田却能从中感受着女性的温存。尽管章子茫然不知，但她已经具备一副动人的嗓音了。

前边的女孩儿扔掉画册，解开包袱又扎了起来。她的动作翻来覆去，那只暗黑色的平凡的包袱，看起来异常可爱。

包袱里有彩色印花纸糊的小盒子。

接着，她从中抽出色纸，叠成个纸头盔。

她有两个小偶人，她将纸头盔给较小的偶人戴在头上，掉下来了。

“啊！”

她拾起来，还想再给偶人戴上，但总也戴不好。

“燕”号列车抵达名古屋，从京都到这里两小时，途中没有停车。

牧田本以为睡着了的乘客，此时都睁开眼睛，有的站起身来下车了。又上来两三个人，仍然都是男的。

女孩儿迅速跑到有转椅的房间，抓住西洋人的肩膀，嘴里说着什么。

“她还是有妈妈的呀。”

“嗯，不过不太理睬她呢。”

母亲听到孩子的声音，只是点点头，也没有将转椅转向孩子，只顾看自己的书。

孩子立即跑回展望车厢。

这回叠了一只纸鹤。

章子微笑地望着这种日本式的游戏。

三河路沿途的砖瓦屋顶很漂亮。

女孩儿又解开包袱，将叠纸放进盒子里。

“是个混血儿啊，包袱皮的一端印着‘寺川’两个字呢。”

接着，有些感慨地说：

“不过，结婚也是挺麻烦的！”

她似乎自言自语，牧田一时弄不清她在想些什么。

“那位西洋女子，为了结婚，来到遥远的日本，要过一辈子啊！”

“可不是嘛，想到这儿就……”

“生下外国人的孩子……”

抑或这类事，使得如今的章子大为慨叹吧。

可是，一旦说出口来，也将牧田引向遥远的想象。

放有转椅的房间，可以看到西洋女人的背影，肩膀宽阔，显现出中年女子的寂寥。单单为了结婚，来到异国之土，留下一个混血儿，这种事儿很异样。

想到这里，牧田前边的女孩儿看起来既可怜又神圣。

“西洋人的孩子为何都这么可爱呢？虽说面孔一点儿都不美……”

这女孩儿眼窝凹陷、青蓝，额头和两侧面颊形状不很端正，嘴唇向外可厌地凸显出来。然而，她的体格却带有天使般轻柔的感觉，两条直抵腰肢根部的笔直的大腿光艳无比。

不同于日本孩童的是，一副完备可爱的孤独的自由充溢其间，给人以雕塑般的独立之感。

列车经过渥美湾，不久就是远州路、浜名湖。

这一带农村，家家户户都围绕着美丽的罗汉松墙。眼下已经抽芽了，鹅黄的新芽，好似蜻蜓缀满树头。

列车直抵静冈车站才停下来。前方停车站只有沼津和横滨。

女孩儿从包袱里掏出纸风船[1]，大中小三只叠放在一起。她展开最大的一只顶在自己头上，不料立即落在膝盖上了。她朝这边看看，牧田笑了。女孩子一脸茫然，又将风船顶在头上，用两手按住，两眼滴溜溜地环顾四周。

“她一个人挺会玩的啊！做妈妈的，一点儿也不管她。”章子说道。

“西洋人的孩子都这样。一生下来，个人就具有独立性。即便是孩子也不怕孤独。不然的话，思想就会僵化。”

“不过，在我们眼里，总显得有些可怜，不忍心看下去。”

接着，女孩儿将纸风船堵在嘴上吹气，怎么也鼓不起来。此时，章子终于站起身走过去，亲自为她吹气。

女孩儿虽然老老实实将纸风船交给章子，但章子交还给她时，似乎觉得章子多管闲事，所以对她很麻木。女孩儿既不感到羞涩，也没有礼节上的微笑。

女孩儿似乎想要人家陪她一起玩，调皮捣乱，根本静不下来；但依旧都是自己一个人玩。

邻座的男子睁开眼来，不论说什么，他都充耳不闻。

“看着看着，渐渐地，渐渐地，不觉得她很可爱吗？”

---

1. 纸风船：折叠成船形、飘飞于空气中的纸质玩具。

章子亲切地说。

车窗外面的茶园已经遍布着夕阳。茶树开始发芽了。

山上尚未凋谢的山樱花，还有村子里的杏花，显露出夕暮前沉静的颜色。每一棵树的新芽都是最鲜嫩的时候。

女孩儿又到母亲身边去了，但立即折回来，这次飞身跳到章子身边的长椅上了。

她从花纸盒里掏出一只小荷包来。

“啊，香荷包！”

章子一阵惊喜，随即勾起她的怀念之情。

荷包的外皮是铁锈色碎花友禅绸。

车窗外暮色苍茫，绿叶丛中，日本风格的绣荷包，犹如美丽晶莹的水珠渗入眼里。

“家在哪里呀？”

“横滨。”

她回答章子只是这两个字，依旧不愿搭理人。女孩儿笨拙地向空中投荷包，再从地上捡起来。

她有些厌倦了，拿出格子纸，开始画儿童画。

格子纸是商用书简纸，印有“横滨寺川”生丝商的字号。

列车停在静冈车站。

不一会儿又开往沼津，眼前展开漫长而广阔的海岸线。

章子只是凝视着女孩儿，这时突然回头望着牧田说道：

“咱们一生都会记住这个女孩儿的。”

“会记住她的。”

“一定不会忘掉她。尽管不能第二次见到她啦！”

“是啊。”

“回来的路上，一直盯着这个女孩儿，真是不可思议。”

临近东京，那里等待他们的是两人的家庭生活。牧田对此也感到不可思议。

“抵达东京，正好是九点整。真想再多走些地方啊！”

“是啊，不过我倒是想回家呢，要做的事情很多。”

“要做什么呢？”

“啊呀！”

章子笑了。

“我想把这女孩儿拐走呢。”

“怎么能轻易拐走呢？她是很严谨的啊。”

牧田说着，突然想到，假若两人生下一个蓝眼睛、红头发的孩子，怎么样呢？

他茫然地想象着，或许一个全世界人种杂婚的和平时代，将会出现于遥远的未来。

女孩儿百无聊赖地站起身来。一边小声哼着歌儿，一边跳着舞，走到书架前，抽出一本书来，又立即插回原处。

海面一派深蓝色，远方夕暮的天空，富士山高高耸峙。

川端康成：关于《伊豆的舞女》

我第一次去伊豆就是《伊豆的舞女》小说中提到的那次旅行。那时我二十岁。《伊豆的舞女》的草稿——《汤岛的回忆》里写道“我二十岁，刚刚升入高二的秋季过半，赴京后的第一次旅行”。当时，七月升学，九月新学年开始。

我在《伊豆的舞女》中写道：“二十岁的我，曾经一再严格反省，自己的性格被‘孤儿根性’扭曲了。我是不堪忍受满心的郁闷才来伊豆旅行的。”我对“一高”[1]一二年级时的寄宿生活十分厌恶。因为那情景完全不同于初中五年级时的

---

1. 一高：第一高等学校的简称，东京大学教养学部的前身。

集体生活。而且，我一直记挂着幼少年时代留下的精神疾患，不堪自怜自贱之念，才去伊豆旅行的。现在想想，我固然清楚地表达了我的旅行动机，但其中含有了过多感伤的情绪。所谓“一再严格反省”，果真如此吗？我以为我不是个严格反省自己的人。

不过，在《汤岛的回忆》中，我写道：“舞女所说、再经千代子认可的‘好人’这个词儿，说得我心里乐滋滋的。我想，我是好人吗？是的，是好人。我自问自答。表示平凡意义的‘好人’这一词语，给我带来光明。从汤岛至下田，我自己自省，也觉得自己就是一个好旅伴。能这样我很高兴。无论是在装饰着框棂的下田旅馆，还是轮船客舱，我因被舞女看作好人而感到自我满足，我对说我是个好人的舞女倾注了满腔热情，我为她痛快地流下了眼泪。现在想起来觉得很奇怪。那时是少年。”这无疑是《伊豆的舞女》创作的动机，也是这篇作品受到广泛欢迎的缘由之一。

《伊豆的舞女》也好，《雪国》也好，都是我怀着对爱情的感谢而写作的。《伊豆的舞女》表现得很率真；《雪国》稍稍深入，表现得很痛苦。

《伊豆的舞女》几乎没有描写修善寺至下田沿途的风景。可以说，这篇文章我并没有想到要努力描写自然，于不经意中作成。二十四岁夏天写于汤岛，也没有打算发表。二十八岁时逐一稍加修改、誊清。其后曾想重新添加一些风景，但未能实现。不过，当然还是美化了人物。

1933年写作的《当〈伊豆的舞女〉拍成电影之际》一文中，也曾提到过这次美化：

“当年十四岁的舞女，今年已经二十九岁了。首先浮现于脑海里的鲜明印象，就是睡颜的眼角上古风的胭脂红。那是她们最后的旅行。之后，她们落脚于大岛波浮港，开了一家小饭馆。同‘一高’时代寄宿生的我有过一段书信往来。田中绢代饰演的舞女很好，虽然有些不太像。尤其是肩头披着半腰上衣的有棱角的背影，颇见风情。她的表演十分亲切，浑然天成，令我欣喜。若水绢子扮演的嫂嫂，早产后旅行，微带倦色，恰到好处。但没有精彩场面，使她略显无聊，反而增添了哀愁。不过，这一点比起人物原型来，却是极少见的美丽。现实中的一对夫妇，为恶疾所苦，女人们早晨腿部和腰部疼痛，很难从床铺上站立起来。哥哥在温泉里，腿上换了膏药。一道洗浴的我不忍心看到这些。生下个通体透明的孩子，或许也是因为病的缘故。

“我在愉快地写作《伊豆的舞女》的时候，唯一的困惑就是要不要写这种疾病。要是写了，那将变成一篇感觉上稍有不同的作品。不过，这种坏主意一有机会就冒出来，其后时时追逼着我。这种恶疾的幻象十分鲜明，实在不亚于舞女眼角上的胭脂红。那婆子有点儿不洁净。舞女的眼睛、口唇，还有头发与脸形，虽说美得不很自然，但唯有那鼻子像是淘气放置上去的，十分小巧。然而，我之所以没有写进去，是因为我毫不在意这些。但不知为何，唯有那恶疾在我脑里挥之不去，这四五天里，我一边写作这篇文章一边老是记挂着到底是挑明还是隐瞒下去。现在也是，先前还未写到这个部分时，停笔思考了三四个小时，到了天亮头疼起来，终于还是写上了。但写上了又后悔，不写又会继续被疾病追逼，头疼反复不止吧。人是个怪物，我有时觉得自己很可厌；有时相反，又觉得自己很可亲。”

我说的有过一段“书信来往”，说得有些过分，只是指舞女哥哥曾来过两三次明信片。他们相信我一定会去大岛，写着过年时演戏，很希望我前去帮忙。在下田分别时，我也确信我一定会去大岛同他们再度见面。但因没有钱，所以没去成。不过只要想想办法还是能去的，可我并没有想办法。后来似乎接到来信，说东京赏花时节，他们来飞鸟山跳过舞。那大概是他们回到大岛以后写的信。

《伊豆的舞女》在我的作品中最受欢迎，但我这个作者偏要逆风而行，关于伊豆题材的作品，更想夸示《春景色》和《温泉旅馆》。最近编入细川丛书时又重读了一遍《伊豆的舞女》，相隔好久之后，作者本人也能真诚地面对这篇作品了。

三岛由纪夫：关于《伊豆的舞女》

新潮社版《川端康成全集》第一卷收录《伊豆的舞女》，第二卷收录《温泉旅馆》，第四卷收录《抒情歌》和《禽兽》，我的解读也按这个顺序进行。

《伊豆的舞女》原是很长的草稿中的一部分，这一点在全集的后记里已经说明。这种颇有意味的插话，是偶然地对于这个作家写作小说技能的一种暗示。正如《十六岁日记》中所见到的那样，映入作者眼里的现实，截取任何一段都能构筑一篇作品。这一篇也是可以窥见此种稀有的天赋的事实证据。

《伊豆的舞女》在结构上无懈可击，不会使人感觉只是一部作品的片段。正像大块方解石[1]晶体，不论如何敲击，都能分解为同一形状的小型晶体，我们大可不必为川端先生小说的长短与结构的关系操心。实际上，这是对经过纯粹选择、限定、定位、晶体化的资质加以扩展、运用和敷衍的运动的轨迹。问题在于此种具有魔术般内在的普遍性资质如何被发现，以及这种发现的微妙的经过和发现的能力如何得到充分运用的过程。《伊豆的舞女》是探寻此种轨迹的最合适的作品。例如，作为川端先生全部作品的重要的主题——“处女的主题”，在此初见端绪。

“我觉得就像历史小说中过分夸张地长着一头浓发的女子画像。”

“……还是个孩子呀！……我欢声朗朗，笑个不停。”

“昨夜的浓妆还残留着，嘴唇和眼角渗着微红。”

“舞女端坐在酒馆的楼上敲鼓。”

---

1. 方解石：一种碳酸钙矿物，天然碳酸钙中最为常见。方解石的晶体形状多种多样，其集合体或是一簇簇的晶体，或呈粒状、块状、纤维状、钟乳状、土块状，等等。敲击方解石可获得众多方形碎块，故名方解石。

这类借助亦静亦动的dessin[1]，精确组合而成的处女的内心世界，一概交给读者的想象。川端先生因此种“处女的主题”，使他得以免除同时代作家悉数遭受的那种肤浅而虚假的近代心理主义的浸染。世间将此看作抒情，但《伊豆的舞女》结尾所表现的“甘美的快乐”，又是如何抒情的呢？其实，毋宁说是反抒情的。之所以那么写就是一个证据，证明这篇杰出的青春小说，仅仅凭借“甘美的快乐”是无法成立的。我称之为“青春之作”。《伊豆的舞女》正因为具备着日本作家很少具有的青春本身未完成之美（假若“青春之作”的说法是善意的话），应该称为真正的“青春小说”，这种“青春小说”绝非意味作品的未完成。

处女的内面，本来不足以充当表现的对象。侵犯处女的男人，不可能充分理解处女；没有侵犯处女的男人，同样也不可能理解处女。果真如此，处女这类人能够存在吗？这种不可知的痛苦的认识，人们所谈论的川端先生的所谓“抒情”，实际上就是将这种痛苦的认识推向不可知之境地的精神上某种“纯洁的焦躁”。因为是焦躁，所以有必要使用一种初看起来颇为暧昧的语法。但是，这种暧昧是正确的暧昧。

---

1. dessin：法语，“素描”“底稿”的意思。

说到这里，处女性的秘密，成为这个世界艺术作品存在的秘密替身，并由此产生一种表现本身不可知晓的关于作用方面的表现的努力。“抒情”的神秘主义，就是属于这种性质，也正是《抒情歌》占有川端先生全部作品重要的象征位置的缘由。

说来，《伊豆的舞女》中南伊豆明丽的秋日的风光，在作为“掌篇小说”[1]的《谢谢》中也以无以类比的美而获得再现，值得同时阅读。

《伊豆的舞女》是大正十一年至十五年（1922—1926）的作品，而《温泉旅馆》作于昭和二年（1927年），内容描写了自晚夏到冬天，旅馆女佣和女招待流转多变的人生。这种情节结构极为复杂的小说，单纯凭借季节感裁断了众多女人的流转命运，反而可以从中窥见《伊豆的舞女》这位作家的成长。季节并非单独作为技巧[2]而用于写作，“蕉风开眼”[3]俳谐的本意也正在于此。季节感是运用最为单纯而强韧的目光，

---

1. 掌篇小说：篇幅短小的微型小说或小小说。

2. 技巧：原文为“意匠”（isyou），功夫、技巧的意思。

3. “蕉风开眼”（syoufuukaigen）：松尾芭蕉因吟咏“古池蛙跳水”俳句而得以开悟，从而树立具有独特风格的“蕉风俳谐”。

捕捉人世流转唯一的线索。而且，在促使这种单纯的裁断变为可能的那种麻木或厌恶的内里，也会因为作品的人物命运和艺术家，即作家本人的命运之间具有讽刺意味的深刻的对比，致使单纯的表达蕴含无限的丰富性。此种主题最苛酷的展开，使得作者在昭和八年（1933）创作了《禽兽》一作。

在《禽兽》这篇小说中，作家凭借对“畜生腹”[1]怀有的悲哀，弹奏着凄怆的乐曲。我以为，只有用一副纯然的阅读allegory[2]的方法，才更易于触及作者的创作心理。例如，我们可以借助想象用作家的眼睛看待作家自己创作的作品那样，阅读下面一节：

> 这只狗是初潮，身子尚未完全雌性化。因而，从狗的眼神上，还看不出有实际分娩的感觉。
>
> “自己的体内如今到底发生了什么事，它一概不知道，似乎很苦恼，不知如何是好。”它稍稍显得有些难为情，但又一任别人摆布，也不觉得对自己的作为有何责任。

---

1. 畜生腹：意即多产、多子，或对龙凤胎的贬称。

2. allegory：讽喻、寓言之意。

狗的目光和作家观察自己作品的目光，当是可以想象到的最深刻也是最残酷的对比。作家本来有权具备狗的目光，这可以看作作家绝望的幻想。狗的目光不就是造物主的目光吗？造物主不正是凭借这种天真无邪、不负任何责任的目光看待自己造出的人类吗？当你叩问人类存在的意义的时候，不能不陷入这种可怖的疑惑的泥沼。艺术家在生来具有人的目光这一点上感受着苛责。本来他也有权具有与生俱来的狗的目光。倘若如此，创作当极为容易、不伴有任何痛苦，而只是一种纯粹的营生。既已从事创作，就自然享有具备这副眼光的权利，不是吗？尽管如此，作家毕竟生有一双人的眼睛，必须通过这双眼睛观察事物。艺术家为这种存在的二重性而苦恼，若是舍离一方，则作为艺术家就意味着死亡。

《禽兽》中飘荡不定的厌人癖，总是与呕吐相伴。厌恶人类，面向自己，致使写作濒临危殆。如此产生于紧迫危机中的作品，既是一种不幸的奇迹，也是一种带有逆说的侥幸。不过，促使作者写作《禽兽》的根源，早已在前一年即昭和七年（1932）的《抒情歌》中得到明朗而丰富的阐述。

据我个人看法，《抒情歌》是川端康成研究者必须反复阅读的重要作品。

这篇小说的文体使人联想起明治时代女人轻捷而谨严的衣着装扮，通过这种文体描写的白昼神秘的世界，是川端先生切实的“童话”，所谓童话，就是最纯粹的告白。

像先生这般自我生存之路崎岖不平的作家，一方面在《禽兽》这样的作品中，未能成就告白而成就了allegory；另一方面，却在《抒情歌》这样的作品中，毫无顾忌、孜孜不倦地做了告白。这就和志贺直哉先生某些作品中几近非文学的自我暴露形成有趣的对照。在《抒情歌》中，作者对生命的欲求，通过自我灭失（心灵上）而加以叙述，借助“自我”而赖以维持的今生的生命之责任，被看作是“可贵的抒情诗的污点”。

我们立即想起威廉·布莱克的《天真之歌》，想起那些以切实的童心而吟诵的无数伟大的诗篇。幼年时代的布莱克，看到众多天使欢聚于树荫底下，边高歌边舞动着灿烂的羽翼。他还说在自家附近的原野上看到预言家以西结[1]在休息。为此，他挨了母亲一阵毒打。

正像布莱克挨打一样，这种惩罚也为川端先生钤上艺术家的烙印。

“我睡在你身边时，从未做过关于你的梦。”

所谓爱正是如此，作者极为现代式地给予了定义。睡在

1. 以西结：Ezckiel，公元前6世纪初的以色列先知，指出犹太人的堕落，预言耶路撒冷将陷落，激励以色列自救，求取新生，其预言集中载于《圣经·旧约》《以西结书》。

人身边时，我们不做这个人的梦。那么，任何表现都可能出现在无梦的睡眠之中吗？倘若不能，爱就无法表现出来吗？《抒情歌》中女主人公不可思议的心灵学的才能，正是女人的悲剧，使她不得不阐述这种爱、看待这种爱、表现这种爱。而且，她不曾获悉恋人的噩耗。

预知的才能，此种才能在地面上毫无价值。尽管如此，眼帘里早已清晰地映现出轮船的姿影，船尾上标识着“第五绿丸”……

至此，我品味着“作品解说”理所当然地不可能达到的境界。

译后记

川端康成名作《伊豆的舞女》，最初发表于1926年1—2月号《文艺时代》。1933年2月，首次拍摄成电影，田中绢代主演。

我在日本去过最多的地方当数伊豆半岛，参会、专访、旅游、路过……大约有七八次。印象最深的自然是初访了，那是1999年夏天，一晃二十余年了，但当时的情景记忆犹新，历历如在目前。

我在《伊豆散记》一文的开头有过这样一段记述：

> 今年6月14日，是诺贝尔文学奖获奖作家川端康成诞生100周年的日子，被称作作家"第二故乡"的日本伊豆地区，举行了丰富多彩的纪念活动和学术研讨会。承蒙日本川端文学研究会会长、文艺评论家长谷川泉先生和副会长、成蹊大学教授羽鸟彻哉先生的盛情邀请，

我有幸参加了纪念大会，满怀兴致地和日本大学生们一道，沿着当年作家的足迹，徒步翻越天城山，亲历了川端名作《伊豆的舞女》所描述的各种文学场景和自然风物，还凭谒了其他文学大家如岛崎藤村、田山花袋、若山牧水、北原白秋、梶井基次郎、井上靖等人停宿过的旅馆、墓地和文学碑等遗迹。从北到南，兜了一个圈儿，几乎走遍了伊豆半岛所有同文学有着深厚渊源的地方。这是一次难忘的十分快意的文学之旅，使我得以进入那些神往已久的自然同文学相互交融的艺术美境，饱尝了日本现代文学的醍醐味。

自那之后，虽然又去过多次，但大都是匆匆过客，原本幻想将来邀集一批同好，再仔细地走一趟，可是哪里还会有这样的机会？再向前追溯，第一次听说“伊豆”这个地名，大约是在我翻译《我的伊豆》这篇散文的时候。那是二十世纪八十年代，我偶尔在一家成立不久的猴儿扑（ほるぷ，读音horupu）出版社发行的一套多卷本纪行文集中，发现川端康成写作的《伊豆序说》一组短文，其中这段文字尤其使我心动，我立即译了出来，并冠以《我的伊豆》发表于《译林》杂志，不久又被作家出版社收录在王光编著的《外国散文名篇选读》中，此书第一篇选文就是《我的伊豆》。这是我翻译川端康成的起始。

其后数十年，我在国内国外大学任教期间，小说《伊豆的舞女》始终是我的首选教材。可以说我在文学翻译的课堂上，教了一辈子川端文学，讲了一辈子《伊豆的舞女》。

进入新世纪的2009年前后，我应人民文学出版社之约，继岛崎藤村《破戒》之后，着笔翻译川端几部主要作品，包括《伊豆的舞女》，以《川端康成读本》为书名，列入该社“世界文学名著丛书”(丛书名称记忆不确) 选题计划 。由于出版过程较为复杂，各方徂徕之间，版权被中途买断，人民文学出版社的出版计划胎死腹中。

漫漫十年，川端汉译一枝独秀，他花尽煞。群芳萎谢，少年白头。

静默中练笔，苦熬中励志。

2023年（阴历癸卯年)，川端文学即迎来公版，相信到那时川端汉译必将重返繁华，出现译家蠭起、百花齐放的喜人景象。

时代飞轮，历史跫音。十年光阴，弹指一挥。当时情景，已入城南旧事。想起昔年译川端，文句之思心头流动，欢乐之情笔端奔涌。如今再译川端，旧调重弹，虽墨池已涸，毛颖已凋，然文思犹畅，不啻当年。电脑恼人，敲键笃笃，昕夕以求，不亦乐乎？

这是一本以《伊豆的舞女》为代表的川端短篇小说集。入选作品十篇，完全依据译者所好，同时估摸读者阅读趣味翻译组成，恭请朋友们批评指正。

这里需要说明的是，川端原作章节，多以标题区分，有的标题之下再加序号，有的纯以空行空页断开。为保持原貌，译者不曾轻易添加任何标识。读者可自行设置序号或标题，以便翻检、查阅。

恶沴当前，使我们失却多少自由空间。但可以读书，书中自有梦幻的想象，思维的飞翔。走进中华及世界文化宝库，让吟哦咿唔之声充溢你的豪宅别庄，竹户泥墙……

译者

2021年孟秋初稿

2022年仲秋改订